ミステリは万華鏡

北村　薫

JN089837

作家・北村薫が生まれるまでには、学生時代の先輩、憧れの作家、デビュー後に知己を得た盟友——同じくミステリを愛するひとびととの得難い出会いがあった。時にかれらは、ささやかな言葉遊びにもひとかたならぬ情熱を傾ける同好の士や、著者も見過ごしていた原石の輝きを見つけだす〈名探偵〉に様変わりする。ひとつの真実へと向かう物語が、さまざまな見方や読み方を通して、かくも多彩な輝きを放つ不思議。ミステリへの愛が詰まったエッセイ集を、画家・大野隆司氏の遊び心あふれる版画とともに贈ります。

ミステリは万華鏡

北村　薫

創元推理文庫

À LA RECHERCHE DU TEMPS PERDU

——Du côté d'une boutique kaléidoscope

by

Kaoru Kitamura

1999

ミステリは万華鏡

本文版画　大野隆司
本文デザイン　山田英春

ミステリは万華鏡◉目次

ミステリは万華鏡

北村　薫

第1章

万華鏡とミステリ

1

よくいうことだが、薔薇《ばら》が先にあったわけだ。それを指す《薔薇》という名前は、後から出来たことになる。落語に出て来る《寿限無《じゆげむ》》君にしても、彼が誕生したので、名前をどうつけようか、となった。

さて、『ミステリは万華鏡』というのも、《何か、ミステリを中心に自由に書きませんか》というお話が生まれ、そこで、《では題をどうしましょう》となった。首をひねりつつ、《それにしても、昨今のミステリは多様ですね》といったところ、《では、取り敢えず、こうしましょう》と決まった。――決まってしまえば、もう、《取り敢えず》ではなくなった。

名前もついたところで、赤ちゃんは育って行く。自然、題に導かれて、出だしも万華鏡のことになる。実は、わたしは小学生の頃、図工の時間に万華鏡を作った記憶があるのだ。

作る、といっても、学習教材のセットになっているのを組み立てるだけである。細長い硝子《ガラス》板が、三枚——顕微鏡で、例えば池の微生物を見ようという時、水を一滴垂らすための硝子板に似ていて、しかし、もうちょっと大きく長いものが三枚あった。それを上から見たら正三角形になるように組む。硝子の角が擦《こす》れ合って、ギリッと音を立てる。

出来た三角の筒を、黒っぽい紙で、海苔《のり》巻きのように巻いた——のかも知れない。硝子の面が、後ろを覆うことによって互いの面を映すようになったのか、あるいは、最初から鏡になっていたのか、はっきり覚えていない。

出来たものを丸い紙筒に入れる。筒のこちら側は蓋《ふた》をして、覗《のぞ》き穴をつける。向こう側には、より大きな筒をはめる。その先には、プラスチックか、あるいは昔のことだからセルロイドか何かの、色とりどりの小片が閉じ込めてある。

そして、ご承知の通り、目に当て明るい方を向いて、覗きながら、筒を回転させる。

——と、まあ、こういうわけだけれど、実は、授業でこんなことをしたと、はっきりいえるわけではない。そんな気がする、のである。

世代により、人により、学校の工作で作った（というか、作らされた）ものは様々だろう。わたしの場合、絶対に確かなものとしては、小学校一年か二年の時の、画用紙に焦げ茶のクレヨンで色塗りをし、切り抜いた、梟《ふくろう》時計あたりから、中学校の技術の時間の文鎮まで、幾つか浮かぶ。その品物の行進の中に、万華鏡があるのだ。

もし、この記憶自体が、本来は無地の紙に自分の手で模様を描くように、作られたものだったとしたら、それだけ、わたしにとって万華鏡が興味を引かれるものだった、ともいえるだろう。

覗き穴の向こうにあるのは、ここにはない、もう一つの世界である。そして、筒の回転と共に、様々に形を変える。どうなるかは、前以《もっ》ては分からない。

さて、そこで思い出す一節がある。

> 考えてみますと、彼はそんな時分から、物の姿の映る物、たとえばガラスとか、レンズとか、鏡とかいうものに、不思議な嗜好《しこう》を持っていたようです。それが証拠には、彼のおもちゃと言えば、幻燈器械だとか、遠目がねだとか、虫目がねだとか、そのほかそれに類した、将門目《まさかど》がね、万華鏡《まんげきょう》、眼に当てると人物や道具などが、細長くなったり、平たくなったりする、プリ

ズムのおもちゃだとか、そんなものばかりでした。

江戸《えど》川《がわ》乱歩《らんぽ》『鏡地獄』（『日本探偵小説全集2　江戸川乱歩集』東京創元社）冒頭の部分である。

《将門目がね》とは聞き馴れない言葉だが、推理してみよう。《山》といえば《川》だ。《平《たいらの》将門》といえば《影武者たち》と連想するのが自然だろう。となれば、これはレンズ面をカットして、対象が分身の術を行ったように、いくつにも見えるものではないか。

それなら、うちにも小さいのがあるし、この間、デパートの恐竜展に子供を連れて行ったら、グッズ販売のコーナーにも並んでいた。——《将門目がね》と恐竜に何の関係があるのかという、新たな謎は生じるが、とにかく、品物として存在する。

ただし、これはわたしの推理である。ミステリなら探偵のいったことは、筋が通ろうが通るまいが真実だ。しかし、現実ではそうはいかない。違っているかも知れない。

ついでながら、うちには《顕微鏡》もある。子供のためのものだが、わたしも小さい頃、親に買ってもらったことがある。もっとも、それは殆《ほとん》ど玩具で、期待したほどの倍率もなく、はっきり見えもしなかった。がっかりして、しまい込んだままになった。きちんとした顕微鏡を覗いたのは中学校の時である。科学部に入っていたから、まさしく池の水を覗いて、ミドリムシなどを見ていたのである。極小の世界に生活がある。それを天から見るように覗くのは、面白かった。

では《幻燈器械》はどうか。友達のうちにあったのを見て、秘密の箱のようで羨《うらや》ましかったことを覚えている。

そこで、子供向けの理科の本か何かを参考に、自分で作ったことがある。ボール紙を切って箱を作り、横穴を開け、そこに紙筒をつける。先には、虫眼鏡。これがレンズである。光源はといえば六十ワットの電球。肝心のフィルムは、パラフィン紙を細長く切り、そこに漫画を描いた。

夜になるのを待って、電球を点灯する。壁に、ぼんやりとした影が浮かぶ。「おおっ！」と、胸をときめかせ、レンズの焦点を合わせると、漫画のカエルの顔などが壁に映ったのである。

こう書くと、『鏡地獄』の主人公と、幾分重なりそうだが、そうはいかない。こういったことは、子供なら誰でも関心を持つことだろう。子供の心は、そういう方向に遊ぶものだろう。

2

ところで、乱歩の世界で『鏡地獄』の話が始まるのは、こんな時である。

ほんとうにあったことか、Kの作り話なのか、その後、尋ねてみたこともないので、私にはわからぬけれど、いろいろ不思議な物語を聞かされたあとだったのと、ちょうどその日の天候が春の終りに近い頃の、いやにドンヨリと曇った日で、空気が、まるで深い水の底のように重おもしく淀んで、話すものも、聞くものも、なんとなく気ちがいめいた気分になっていたからでもあったのか、その話は、異様に私の心をうったのである。

――これで一文。

息の長い文章が、読み手にまつわりつくようだ。まことに物語にふさわしい。さて、それでは、これは、同じく乱歩の何の一節か。

> 昼間からどんよりと曇っていたのが、日暮れには、今にも一と雨きそうに雲が下がってきて、一そう抑えつけられるような、気でも狂うのじゃないかと思うような、いやな天候になっておりました。そして、耳の底にドロドロと太鼓の鳴っているような音が聞こえてくるのですよ。

正解は、『押絵と旅する男』(『日本探偵小説全集』同巻)である。

この部分の、《ドロドロ》は中学生の時に読んで、今も鮮やかに覚えている。持っていたのは、春陽文庫版だった。

今ほど簡単に、文庫で乱歩が手に入る時代ではなかった。春陽堂に頼るしかなかったのである。ところが、これが中学生にとっては、まことに買いにくい本だった。わけは表紙にある。

春陽文庫の乱歩シリーズは、途切れることなく売れ続けるロングセラーで、時期によって、表紙が違う。わたしの買った版は《装画　村上松次郎《むらかみまつじろう》》となっている。短編集『心理試験』ならいい、屏風《びょうぶ》と植木鉢だ。『月と手袋』も差し支えない、丸い図形と手袋が描いてある。しかし、『屋根裏の散歩者』や『パノラマ島奇談』には困った。

——ところで話が飛ぶが、中相作《なかしょうさく》氏の編集によって、刊行された『乱歩文献データブック』は、大正十二年から、平成七年までの、乱歩にいささかでも関係がある文献三千八百三十三を、リストアップした本である。乱歩生誕の地である名張《なばり》の市立図書館発行なのが嬉しい。本体三千円＋税です——と、つい、宣伝したくなってしまう（平成十年三月には、このリファレンスブックシリーズの2として『江戸川乱歩執筆年譜』が出た。乱歩が何年の何月には何をしていたか、ひと目で分かるという労作である）。

奥付には［造本データ］がついており、レイアウトをしたのが、何とニコライ・フセヴォロドヴィチ・スタヴローギン（ドストエフスキーもびっくり！）となっていたりする。用紙は《パミス　古染（特殊製紙）》から始まって五種類、書体は《写研ＰＡＶＯ－ＫＹ

（石井宋朝体《そうちょうたい》）》から始まって二種四体と細かい。ここまで書いてくれると、また嬉しい。

さて、その見返しには、名張図書館所蔵の乱歩の色紙が刷られている。表が《晝《ひる》は夢夜ぞ現《うつつ》　亂歩》、裏が『パノラマ島奇談』で《大空尓《に》　裸女千断能《の》　花火可奈《かな》　亂歩》。文字の中でも、特に、たゆたいながら長く長く伸びて行く縦の画が怪しく、いかにも幻影の城主の筆になる色紙らしい。

――というところで、また元に返るのだが、春陽文庫の短編集『屋根裏の散歩者』や『パノラマ島奇談』の表紙は、まさに《大空に裸女》だったのである。『オズの魔法使い』で竜巻に吹き上げられたドロシーの家のように、髪を揺らし、両手両足を躍《おど》らせ、宙に舞う裸女たち。これが、（まずいことに）リアルに、画面いっぱいに、表紙から裏表紙にかけて描かれている。今、本を出して来て、その数を勘定したら、何と十一人いる。

――これでは中学生には買いにくい。そこで、わざわざ電車に乗って別の町の本屋さんに行ったものだ。読みながら帰って来た。

『押絵と旅する男』は、その短編集『屋根裏の散歩者』に入っていた。

今引いたくだりは、そう、覗きからくりの《目がね》を、覗いてしまった直後のところである。この後には《遠目がね》を覗く部分が続く。

用意された背景は、実によく似ている。ここにあるのは、即ち、鏡やレンズを思った時の、作者の脳内の天候であり、天気に外ならないのだろう（『目羅《めら》博士』では、それが狂気を呼ぶ月光となるが）。

乱歩は、いう。《レンズの魔術というものが、他人に想像できないほど、私には怖く感じられるのだ。そして怖いからこそ人一倍それに驚き、興味を持つわけである》（「レンズ嗜好症」・『わが夢と真実』所収・東京創元社）。

顕微鏡や虫眼鏡を《面白い》と思って、しばらく玩具にする子はいても、ここまで特殊な感性を持つ者は、普通は、いないだろう。だが、その、まさに《想像できないほど》の怖さをも、我々は、乱歩の筆によって想像出来る。いや、実感出来る。

そこにこそ、小説の魔術があり、読む喜びがある。

3

最近は、読んだ文章をすぐに忘れてしまう。だが、これは、四分の一世紀経ってもよく覚えている。

（——ある寿司屋の職人が戦争にひっぱられて、ニューギニアの山中にこもっていたときに、もし俺に神様がいま寿司を食べさせてくれるとして、かりにそれが握り2コだけという話になったら、何と何を食べようか、と考えたそうです。彼は考えた末にトロとコハダを選びました。さらに、もし1コだけだとしたらどっちを残すか、と考えました。彼は結局、コハダを残したそうです。1コならコハダだ。これはとてもいい話だと思うのですが、どうでしょうか）

山口瞳《やまぐちひとみ》、『江分利満《えぶりまん》氏の華麗な生活』（角川文庫）中、「洒落梯子《しゃればしご》」の一節である（——それは勿論《もちろん》、ここだけではなく、江分利が最後にどうしてどうなるかということも、よーく覚えております）。

ものを選ぶのは自分なのだが、誰かの言葉に縛られるということはある。こう書かれると、もう抵抗出来ない。以降、鮨《すし》の中の《コハダ》は、わたしにとって特別なものになってしまった。いつの間にか、新潮文庫だった筈《はず》の出典が角川文庫になってしまったぐらいに、時が経ったが、いまだにそうである。

さて、自分の乱歩作品に対する記憶が全て失われたとする。その時に、もし神様が読ませてくれるとして、《かりにそれが小説二編だけという話になったら、何と何を読もうか》と考えたらどうだろう。

これは面白い問いかけだと思う。人がどう思おうが、そんなことは知っちゃあいないのである。ただ純粋に、自分という読者が、どれを与えられた時に、最も読書の喜びを感ずるか、――これである。

本格推理が好きなわたしだが、この場合には迷うことなく、『鏡地獄』と『目羅博士』を選ぶ。もし、一つだけだとしたら、結局、『鏡地獄』を残すだろう。「洒落梯子」と違ってこちらはただ、《わたしならそうです》というだけのことである。そして、乱歩作品の場合は、誰が何といったところで、人によって、《自分に読ませてやりたい二作、あるいは一作》は、さまざまだろう。実際、過去に某誌でやった《乱歩の好きな作品アンケート》の回答は、まさに百花繚乱の様相を呈していた。だからこそ大乱歩なのだ――というのは無論だが、《現代の》と上に冠せずとも、本来ミステリとは、それだけ幅の広いものなのである。

そういう意味でなら、『大人の絵本』（宇野千代《うのちよ》／画・東郷青児《とうごうせいじ》・角川春樹事務所）に収められているのは、『新青年』の当時には、ミステリという金平糖の大きな角の一つだったろうに、昨今、見かけることの少なくなった種類の作品群である。昭和六年と五十三年に、それぞれ、豪華限定本として出ているらしい。平成九年に復刊された。こういう本を、手に入りやすい形で出してもらえるのは、実に有り難い。

また、同年の女流新人賞を受賞した矢口敦子《やぐちあつこ》氏の『人形になる』（中央公論社）を読んで、ミステリファンなら（まったく違うのだが、あるところから）木々高太郎《きぎたかたろう》の『睡《ねむ》り人形』や、泡坂妻夫《あわさかつまお》の『黒き舞楽』を連想するのではないか。

作品が、どのジャンルに含まれるかは、さしたる問題ではない。ただ、それがよい作品であれば、どちらの岸からも必ず声がかかる筈だ。こちらの岸に立って見た時、わたしは、『人形になる』は、心の謎を扱った、その年を代表するミステリの一つだと思う。

4

ところで、万華鏡の専門店が、六本木《ろっぽんぎ》にある。《カレイドスコープ昔館》。お店の人によれば、こういう店は、世界に二軒、日本ではここだけだという。

羽毛を空気で動かして覗くもの、筒の液体の中に微細な粒を閉じ込めたもの、花びらを回転させて見るもの、などなどなど。

万華鏡自体の種類もまた、その作り出す絵模様のように、あるいはミステリのごとく、多彩なのであった。

第2章

では、まずお茶を

1

前章の最後に登場した万華鏡のお店に、また行く機会があった（なお、六本木と書いてしまったが、正確には最寄り駅は南北線の麻布十番《あざぶじゅうばん》ということになる）。《カレイドスコープ昔館》である。

お店にいた女の人に、確認してみる。

「世界でたった二軒の万華鏡専門店――ということでしたよね」

すると、

「いや、アメリカのお店がつぶれたとか聞きましたから、一軒になったのかも知れません」

ますます貴重になったらしい。

お店の中は、相変わらず楽しく、面白い。違うかも知れないが思いつきで、この前《将門目がねとはこんなものではないか》と書いた、そのタイプの覗き眼鏡も置いてあった。分身の術を使ったように、対象がいくつにも増えて見えるものだ。

《何というのだろう》と思って商品名を見たら、「Dragonfly」と書いてある。なるほどと思った。これは中学生の頃、ルイス・キャロルの『鏡の国のアリス』で覚えた単語である。《とんぼ》だ。そういわれれば、レンズの何面にもカットされた形が、とんぼの複眼のようである。

さて、他にも不思議なものがいろいろと並んでいた。中で感心したのが、クリスマス用の紙製の眼鏡。

それを通して、ツリーなどによくつけられる先端の尖《とが》った豆電球を見る。するとどうだろう。点のような灯火の周囲に、忽然《こつぜん》とＮＯＥＬ（クリスマスの意）という字が浮かぶ。雪の結晶形に六方に見えるのだ。別バージョンもあって、こちらは、そのものずばり、伸びた光の線に何本か足が出て、綺麗《きれい》な雪の結晶に見える。灯体が大きくなると駄目なので、光の性質をうまく利用しているらしい。

もしかしたら、よく知られているものかも知れない。けれども、こちらは不案内だから、《よく、こんなものが作れるなあ》と目を丸くした。値段も手頃だったので、買ってしまった。しかし、これは人に見せなければつまらない。

眼鏡は簡単に持って歩けるが、かといって、うまくぴったりの明かりに出会えるとは限らない。これは豆電球も持ち歩かないといけないかなあ――などと考えている。

ところで、評論の中には、この眼鏡のように、ただ自分の目で見ていただけでは何も見えないところに、忽然と《NOEL》の四文字を見せてくれるものがある。その手際があまりに鮮やかだと、ほとんど魔術を見せられたような気になる。そういう体験をしたので、興奮の冷めない内に書いておきたい。

2

さて、これが物語だとするなら、プロローグの画面に映るのは、我が家に新聞の集金の方がいらっしゃるところ。そして、『読売家庭版』を置いていってくれた。

巻頭に左能典代《さのふみよ》さんの『おいしくて、やがて酔うお茶』という文章が載っていた。《岩茶《がんちゃ》というウーロン茶に魅了されている》と始まる。それは中国は福建省《ふっけん》、武夷山《ぶい》の岩に生える貴重なもの。《不老不死を求めた皇帝》たちの飲む《門外不出》の茶だという。ある機会にそれを口にした左能さんは、その《とりこになってしまった》。

　澄んだ空に乱れ舞う花の香り、爽《さわ》やかな甘味、品格ある苦みが綾錦《あやにしき》のように絡み合って、二煎三煎と飲むうちに酔いしれ、いつしか忘我の境地に誘い込まれていく。茶葉に天地の力がみなぎっているとしか言いようがない。

　岩茶のこの味と香りを〝岩韵《がんいん》〟という。（中略）しかし、お湯を注げば陶酔し忘我の境地に至る岩韵を味わえると思ったら、とんでもないことだった。岩茶は水にうるさいウーロン茶、水が適わないと味も香りも出してくれない手ごわい性格だったのだ。（中略）

　いい水に出会って、四煎五煎目にさしかかると、岩茶はガラッと豹変し、何とも言えない甘い世界が現れてくる。この甘さがたまらない。

たちまち、目黒にあるという左能さんのサロン「岩茶房」に行きたくなった。これは、当たり前だが、同時に、——ある小説を無性に読み返したくなったのだ。

しかし、ここですぐ行動に移るような人間ではなかった。なまけものなのである。「岩茶房」にも行かず、その本も探さなかった。おかげで、事態はよりドラマチックになった。

宮部《みやべ》みゆきさんと話している時、岩茶のお話が出た。そして、《一度、行ってみたいものですねえ》となった。当然、小説のことも口にした。

「夢野久作《ゆめのきゆうさく》にね、中国のお茶のことを書いた短編があって、これが凄いんですよ。そりゃあ、勿論《もちろん》、夢野ならいいものがいっぱいある。でも、あれは特に——忘れられないなあ」

宮部さんは、目をくりくりさせて、

「へええ。何ていう短編です」

「(ぐっ)……忘れました」

3

——というわけで、人に話したとなると気になるもので、確認作業に入った。この短編が、三一書房版『夢野久作全集』の、うちの書棚にない巻に収録されている——というのは、よく覚えていた。

なぜ、そういうことになったか。夢野の本は、何種類か持っている。あまりにも重複の多い巻は買い控えたからである。《いざという時は図書館で借りればいいや》と思っていた。その《いざという時》に、なったのだ。

調べると、すぐに分かった。二つの短編からなる『狂人は笑う』という作品だった。単独のものではないから、題名がすぐに出なかったのだろう。読み返してみると、前半の『青ネクタイ』の恐怖も、キングの『ゴールデンボーイ』のラストめいて凄《すさ》まじいものだった。あちらは書かないところが怖かった。こちらは、書いて、なおかつ怖い。

閉じ込められていた女が抜け出して血刀をふるうところまで来ると、おもわず少し前のこういう部分を見返してしまう。

妾《わたし》あんまり口惜しかったから、アノお土蔵《くら》の二階の窓に嵌まっていた鉄の格子《こうし》ね。あれを両手で捉《つか》まえて力一パイ引っぱってやったら、まるで飴《あめ》みたいに曲ってしまって、窓枠と一緒にボロボロッと抜けて来たのよ。キット鉄でなくて、鉛か何かだったのでしょう。何から何まで人を欺《だま》していたことが、その時に、初めてわかったわ。妾は口惜し泣きしいしい、その窓から飛び降りたのよ。

こんな怖いことが、どうして書けるのだろう。豪胆に見えて、繊細。人が、物語的な異界のものになるところを描きつくしている。

例えば、これを映画でやったら、どうなるか。――異様な音楽の高まりと共に、細腕につかまれた鋼鉄の棒が飴のように曲がり始め、壁までが崩れ出す。女の、その目。

だが、映像よりも久作の文章の方が、はるかに恐ろしいところまで、切っ先が食い込むような気がする。置かれてみれば必然と見えるカタカナが、虫のように読者の肌を這い出す。

さて、実は記憶に残っていたのは、後半の『崑崙茶《こんろんちゃ》』だが、こちらも狂気の人物の一人称。従って、そこに出て来る中国茶の話も《妄想》なのだ。なればこそ、人を《とりこに》するものの魔力が妖《あや》しく浮かんで来る。

大富豪たちが、その財を傾けてまで飲もうとするのが崑崙茶。行列をしたてて奥地へと旅立つ。その一行の描写、お茶の新芽をとる様子などが素晴らしい。芽が緑茶となり、泉の水でお湯が沸かされる。

その白湯《さゆ》を凝《こ》りに凝《こ》った茶碗に注《つ》いで、上から白紙の蓋をして、その上に、黒い針みたような崑崙の緑茶を一抓《ひとつま》みほど載せます。そうしてその白紙の蓋がホンノリと黄色く染まった頃を見計《みはか》らって、紙の上の茶粕を取除《とりの》けると、天幕《テント》の中に進み入って、安楽椅子の上に身を横たえた富豪貴人たちの前に、三拝九拝して捧げ奉るのです。

富豪貴人たちはそこで、その茶器の蓋をした白紙を取除いて、生温《なまぬる》い湯をホンノ、チョッピリ啜《すす》り込むのです。むろん一口味わった時には、普通の白湯《さゆ》と変りが無いそうですけれども、その白湯を嚥《の》み下さないで、ジッと口に含んだままにしていると、いつとはなしに崑崙茶の風味がわかって来る。つまり紙の上に載っていた緑茶の精気が、紙を透した湯気《ゆげ》に蒸《む》されて、白湯の中に浸み込んでいるのだそうですが……。

……ドウデス。ステキな話でしょう。それはもう何とも彼《かん》ともいえない秘めやかな高貴な芳香が、歯の根を一本一本にめぐりめぐって、ほのかにほのかに呼吸されて来る。


こんな話は、一度読んだら、決して忘れられないものである。それは味覚というものを通して、日常ならぬ異界を垣間見させてくれるからであろう。

この『崑崙茶』には、現代の感覚からすると、ひっかかる表現が多い。しかしここには、それらを越えて、バルザック的な、《人を捕らえて離さないもの》が描かれている。

《人》からすれば、こういうものが行く手に見えてしまったら、それが我が身を滅ぼす道であろうと、進まざるを得なくなる。そういうものは、いつの世にも確かにあり、またそれに捕まるのは、至って人間らしいことだろう。

4

で、もともと寄り道するのが目的の一つという文章なのだが、実は、ここまでがプロローグなのである。

図書館で借りて来た全集の第二巻を返し、《それでは、この機会に『狂人は笑う』も買っておこうか》と、思った。しかし、読んだばかりの同じ本、というのも芸がない。《ちくま文庫版にしよう》と決めた。

神田に出掛けた時に、それの収められている巻を探した。第八巻である。そういうわけで、ここまでも、これからも引用は、ちくま文庫版によっている。他に、『瓶詰地獄』『一足お先に』『キチガイ地獄』『復讐』『冗談に殺す』『木魂《すだま》』『少女地獄』が入っている。これらは全て、別の版で持っている。ということは、それだけ『狂人は笑う』が本にしにくい小説なのかも知れない。

この作品を手元に置いておくために買ったわけだから、作品の再読はしなかった。西原《にしはら》和海《かずみ》氏の解題を読んだ。すると、そこには『瓶詰地獄』に関して、こういうことが書かれていた。(以下、『瓶詰地獄』の内容にかかわる話になる。本文が、ちくま文庫版で十三ページ、東京創元社『日本探偵小説全集4　夢野久作集』版で十二ページという短い物語、しかも夢野の代表作の一つである。未読の方は、ぜひ、『瓶詰地獄』に、先に接していただきたい。うっかり、こちらから読んでしまうと、自分で作品を味わう楽しみが半減する。また、すでに読んでいらっしゃる方も、この機会に読み返し、それから、次に進んでいただけると有り難い。——というわけで、『瓶詰地獄』の粗筋についての説明はしない。ご存じという前提で話を進める。ご了解いただきたい。)

5

さて、解題には、こうあった。『瓶詰地獄』には《明らかに論理的な破綻が見られ、そのことを最初に指摘したのが、由良《ゆら》君美《きみよし》論文「自然状態と脳髄地獄」(『現代詩手帖』昭和四十五年五月号）であった》。

《そのことを最初に指摘》と書いてあるのに、びっくりした。『瓶詰地獄』には、読んだ者の十人が十人、《おかしい》と思うところが二つある。これはその一つ、つまり、冒頭に《麦酒《ビール》瓶が三個漂着》とあるのに、第一の瓶の中の手紙に《お父さまや、お母さまたちはきっと、私たちが一番はじめに出した、ビール瓶の手紙を御覧になって、助けに来て下すったに違いありませぬ》と書かれていることを指す。

《一番はじめに出した、ビール瓶の手紙》も、また、同じ島に漂着している。これは潮の流れというものを考えれば、納得出来ることだ。つまり、《お父さまや、お母さまたち》の手元には届いていない。子供たちの《判断》は、誤りだったわけである。

わたしが、この物語をいつ読んだかといえば、高校生の頃である。神田の古本屋さんをまわって集めたのが東都書房版『日本推理小説大系』。その第六巻が『昭和前期集』だった。黒い装幀で、筑摩書房版『世界文学大系』を思わせるような三段組。使われている紙が、妙に厚かった。鉛筆で古書価三百円と書かれている。定価は三百八十円だった。

これが、わたしにとっては、実においしい本だった。原稿を書くために、今、二階に持って来ながら、階段で落としてしまい、箱の右横がへこんでしまった。それが何となく哀しいくらい愛着を感じた本である。

夢野に与えられたのは、第六巻三百ページ中、――ということは『日本推理小説大系』全巻中で、たったの七ページ、収められているのは『瓶詰地獄』一編である。三百円台の定価以上に時代の変遷を感じる。それはつまり、久作への評価云々より、むしろミステリの幅が広がったということであろう。

ともあれ、この短編の印象は強烈だった。

そして勿論、その時にも、二つの《破綻》については気がついていた。こう、書くと読者は思われるだろう。

――何だ、そんなことは《指摘》するまでもない。俺には、最初から分かっていた、という鼻持ちならない自慢話か、と。

違うのである。

第3章

『瓶詰地獄』とその《対策》、そして——

夢野久作『瓶詰地獄』の内容についての話が続いています。
未読の方はご注意下さい。

1

ことは全く逆で、わたしの読み違いについて書いておきたいのである。要するに、目から鱗《うろこ》が落ちた——という話である。

さて、『瓶詰地獄』の印象は、強烈だった。何よりも構成の妙、結びの効果にうなった。

それが与える感慨で近しいものをあげるなら、『市民ケーン』だろう。——だが、わたしはオーソン・ウェルズのこの名作を、まず映画として観たのではない。やはり高校生の頃、父がアートシアターで買って来た《脚本》で読んだ。映画好きの人から見たら、邪道から入った、ということになるかも知れない。しかし、あの最後の《薔薇《ばら》のつぼみ》で感じる《ああ……》という思いは、十二分に感じ取れた。時の牙の残酷さと、だからこそ輝く無垢な《昔》。

それと同種のものを『瓶詰地獄』の結びに感じ、また人間の業《ごう》を思った。
しかし、前述の通り、二つの《ひっかかるところ》があった。

① 瓶は両親の手元には届いていない。それなのに、子供たちは《お父さまや、お母さま》が瓶の手紙を読んで、助けに来たに違いないといっている。

② 第一の手紙で、兄妹は、漢字といえば、《父、母、兄》と自分の名前ぐらいしか書けなかった。無人島で育った幼子である。語彙が減るのなら、まだ分かる。しかし、あれほど難しい手紙が書けるようになるのは不自然ではないか。

お恥ずかしいことだが、高校生のわたしは、一読して、そう感じたのである。そして、当然のことながら、その対策（！）を考えた。――この辺りの心の動きは、いかにも本格ミステリファンらしいと思うのだが、いかがだろう。

やがて、大学に入った。仲間内のたまり場の喫茶店「モン・シェリ」には、何でも書けるノートがあった。わたしは、ある時、それに、好きな短編のことを気ままに書いた。中で『瓶詰地獄』については、この二点を付記し、こういう意味のことを補足した。

①に関しては、《私たちのお父さまや、お母さまと思われる、なつかしいお姿》となっている。対面した上で、両親だといっているわけではない。何らかのきっかけで、島に近づいた船であってもいい。遠目に見て、その船客が両親に見えたのだ。これは、やましいところのある身には、十分考えられることだ。

②は、いささか苦しいが、彼らが、ただ一冊の書として『聖書』を持っていたことで説明出来ないか。それを熟読した、学んだと書いてある。

何の反応もなかった。

しかし、そういうわたしも、これを真面目に書いていたわけではない。

テレビの子供番組の揚げ足取りなどは、よくやられる。何より、《面白い》からだ。例えば、「何とかマン」といった正義の超人シリーズでは、宇宙怪物が毎回手を替え品を替え出て来る。悪の総統などが《今度こそ、何とかマンも、おしまいだぞ》などと、ほくそ笑んでは、新手を送り出して来る。その度に、あわや、というところで敗れては失望落胆し、怒り狂う。

そこで子供にいう。

「あれ、一匹でもてこずるんだからさ、少しずつ出さないで、いるだけ一度によこせばいいのにね。まとめて来られたら、何とかマンもおしまいだよ」

「あはは」

「そうしたら、簡単に地球も征服出来るのにねえ」

子供でも《それをいっちゃあ、おしまい》であることは、ちゃんと理解している。その上で会話を楽しんでいる。こういった揚げ足取りは、はるか昔から、古典やら忠臣蔵やらに対して行われていて、一つの型になっている。

わたしが、ノートに《対策》を書いた時の気持ちも、これに似ている。一種の《遊び》だったのだ。

その頃は、まだ夢野の作品が簡単に手に入る時代ではなかった。包みの端から、中の品物を想像するようなところはあった。だから、なおさらかも知れないが、その作品には得体の知れない大きさが感じられた。半端な理屈をもって向かうことは、滑稽《こっけい》に思えた。要するにこうだ。――《齟齬《そご》があろうと、『瓶詰地獄』は、そんなものを腹中に飲み込んでしまう作品だ。だからこそ、あえて、揚げ足取りをしてみせよう》。

いうまでもないことだが、これは百パーセント誤りであった。

2

最初に読んだ時の印象があまりに強かったため、わたしは、この作品を正しく読み返すことをしなかった。東京創元社版の『日本探偵小説全集』では、何と校正までしたのに——である。巨人夢野久作なればこそ、そのような些事《さじ》にはこだわらず書き進めたのだと思い込み、そのまま、過ごして来たのである。

そこで今回、ちくま文庫版『夢野久作全集』第八巻で『瓶詰地獄』の解題（西原和海氏）を読んだ。すると由良君美氏の説が紹介されていた。《彼らを死に追いやる兄妹相姦の罪意識も、彼らの〝脳髄の地獄〟がもたらした幻影ではなかったのか》——となっている。

その当否はさておき、わたしには《罪意識も》の《も》の字の方が痛かった。先程の①の問題点が、ここではあっさりと説明されている。《兄妹が目にした救助の船は、二人の幻影にすぎず》——というわけである。

いわれてみれば、これは自明のことだろう。蒼天を背景に振られる白いハンカチは、まさに白日の夢の中に揺れるものだ。となれば前書きの部分に《三個とも封瓶のまま、村費にて御送附》とあるのは、矛盾ではなく、そのための周到な用意である。

素直に作品に向かえば、そう読むしかない。なぜ、そう読めなかったのかが不思議である。島には誰も訪れる者はなかった。密閉されることにより、島は《世界》となる。これは二人だけの、だからこそ、人間の男を代表する《男》と、女を代表する《女》の物語である。それでこそ、《瓶詰》の、極小にして極大の悲劇なのだ。これだけだったら、実はさして衝撃ではなかった。負け惜しみになるが、先入観なしに今、初めて開いたのなら、そう読むに違いない、と思ったからだ。

巡り合わせというのはあるもので、その直後に『小説TRIPPER』（一九九七夏季号・朝日新聞社）を開いた。中条省平《ちゅうじょうしょうへい》氏の『文章読本　文豪に学ぶテクニック講座』という一文があった。そこに例文として引用されていたのが『瓶詰地獄』だった。噂をしていた当人が、いきなり顔を出したように、びっくりした。

読むと、こう書かれている。手紙には《「曚昧《くら》く」「罪穢《けが》れ」「沈淪《ほろび》」「患難《なやみ》」「畏懼《おそ》れ」といった、普通はとても漢字で書けないような難しい漢語が使われ、しかもそれぞれに和語のルビが振られているのです。これはいったいどうしたことなのか》。
②の点である。《そうだよなあ》と思いながら、読み進んで、わたしは殴られたような気がした。

——《もちろん、この表現のちぐはぐさには、作者の深い意図が隠されています》。

3

中条氏は、こう書く。

> 巧みなのは、彼らは漢字の使い方さえも文語訳の「新約聖書《バイブル》」から学ぶほかなく、そのために、兄、太郎の書いた手紙に見られる独特の漢字遣いが生まれたというところです。「新約聖書《バイブル》」の文章は、それほどまでに太郎の精神の骨肉と化していたのです。また、こうした厳《いか》めしい漢字の表記が、もっぱら罪悪感をあらわす語彙《ごい》のなかで使われていることも、彼の罪の意識の深さを表現しています。

同じことが、立て続けに起これば、これはショックである。そう、②もまた、齟齬どころか、物語の鍵だったのだ。

最初に読んだ時、わたしは思った。——いくら一冊しかない本を熟読玩味したとしても、それだけで、《ハヤク、タスケニ、キテクダサイ》といった文句しか並べられなかった子供が、あんな難しい文章を綴《つづ》れるようになるというのは、《現実的に考えて》無理だ、と。

これは、この小説に向かう者の姿勢ではない。

考えてみれば、文学部の学生なら、こういう場合、その解釈は《ちょっと苦しい》などといわずに、まず文語訳の聖書にあたるべきだろう。そして《なやみ》が《患難》などとなっていると確認すべきだろう。読む上での、基本的な作業といえる。

わたしは中条氏によって初めて、『瓶詰地獄』という貴石の本来の輝きを見せていただいたことになる。

読み方の違いは、あっていい。というより、なければ作品が豊かにならない。

しかし、この二点は、立場によって見方の変わる《論》ではなかろう。それしかない、という次元のことだと思う。となれば、わたしは、『瓶詰地獄』を本当には読んでいなかったことになる。これは恐ろしい。

そんな読者はお前だけだといわれれば一言もないが、ことは古典中の古典に関することである。頭をかきながらも、ここに記しておく意味は十二分にあると思う。

本は《自分で》読まなければいけない。それでこそ意味がある。しかし、今回わたしは、落とし穴から首を出してようやく辺りの風景が見えたような気がした。――数十年ぶりに、である。

となれば、初心の読者のための、落ちやすい穴を示す立て札にも、意味があるのではないか。それは、ただの甘やかしとも思えない。

一般の小説（妙ないい方だが）の場合、そういう札はうるさいほどに立っている。ミステリの範囲に分類される作品には、必要がないと思われるせいか、立て札が少ないように思われる。

4

さて、このようなことのあった後にデイヴィッド・ロッジの『小説の技巧』（柴田《しばた》元幸《もとゆき》／斎藤兆史《さいとうよしふみ》訳・白水社）を読んだ。実に面白い本だった。――「ミステリー」の章が、この人がこういうことしか書かないのか、と驚くほどに月並みだったのは残念だが。

その第十六章が「時間の移動」である。

《最も簡単な物語の語り方は、はじまりから始め、物語が終わるまで、あるいは聞き手が寝るまで話すというものである》。

しばらく前に、ある人から電話がかかって来て、《語り手が「どこから始めましょう」といい、「初めから始めて、終わりになったらやめてくれ」といわれて語り出す小説は何だったろう》と聞かれた。分からなかったけれど、とっさに、《同じやり取りなら、『不思議の国のアリス』の裁判の場面にありますよ》とは答えられた。

いかにもキャロル的、といった言い回しである。『アリス』が嚆矢《こうし》なのかどうかは分からないが、少なくとも英国では決まり文句の一つになっているのだろう。

「時間の移動」では、そういう方式に従わない叙述について語られている。引用されているカート・ヴォネガット、『スローターハウス5』の一場面の印象は、まさに《鮮烈》である。

その後にマーティン・エイミスの『時の矢——あるいは罪の性質』という《ナチス戦犯の生涯が死から誕生へと逆向きに語られ》る物語が紹介されている。

そしてロッジはいう。《語りの順序における斬新な実験の例として思いつくものは、ほとんどが犯罪や悪行や道徳的・宗教的な罪に関するもののようである》。

ちょうど『瓶詰地獄』のことが頭にあった身には、何とも興味深い指摘であった。冒頭に映画『市民ケーン』のことをあげたが、これを書きながら、もう一本の（またまた恐縮だが）観ていない映画『僕の村は戦場だった』のことを思い出した。昔、テレビで紹介されていた。

解説と共に、少年が殺された後のラストシーンが映っていた。陽光を受けて川面がきらきら光る。その中を、幼かった頃の少年が走り抜けて行く。ここにあるのも戦争という《罪》を浮かび上がらせようという意図だろう。

ピラミッドを逆さまにしたように、最後に、白い出発点が置かれれば、その一点が、それ以降の暗黒全体を受ける。その白は、担ったピラミッドの重みにきしむ。そのきしみにより、いよいよ輝き、また、上部の黒の深さを示すのだ。

第4章

忘れえぬ名犯人

小栗虫太郎《おぐりむしたろう》作『黒死館殺人事件』の内容、犯人について、触れていますので未読の方はご注意下さい。

1

さて、お茶のことを書いたのがきっかけで、宮部みゆきさんと、

「一度、実際に、飲んで来ましょう」

ということになった。

ちょうど、新聞社の新春対談や年末のトークショーなどもあったので、その打ち合わせもかねたのである。

行った先は、話題となった目黒の「岩茶房」。なるほど、これはいい、ということになった。味わいについては、達人の筆になる文章をすでに紹介しているので、屋上屋を重ねるようなことはしない。

宮部さんいわく、

「ミステリ作家にも、真保《しんぽ》（裕一《ゆういち》）さんとか、お酒飲まない方が多いですよね。一度こういうところで集まりをやってもいいですね」

そして、中国通の若竹七海《わかたけななみ》さんから聞いたという話をしてくれた。

「あちらには、大勢が集まってお茶を飲むところがある。急須が空になるとお湯を注いでくれる。話したり飲んだりしている最中だから、それに一々《ありがとう》というと気が殺《そ》がれる。――ですから、人差し指、中指、薬指を三本揃えて、話しながら飲みながら、あるいは食べながら、トントントンとテーブルを叩く。これが《ありがとう》の意味になるんですって」

「符丁ですね」

「ええ」

そこで、わたしは、

「クイーンの『Xの悲劇』で、被害者が、片手をジャンケンのチョキの形にして、中指と人差し指をぶっちがいに交差させている――というのがありましたよね。それが、ダイイング・メッセージになっているという」

「はい」

「それじゃあ、三本揃えて、死んでた――というのはどうでしょう」

「ふーむ。お茶、飲んでたところなんですね。あるいは、中国茶関係の人が犯人」

「国名シリーズですよ。『チャイニーズ・ティ・ミステリー』」

「あるいは、殺されて《ありがとう》といっていたのかも知れない」

「斧《おの》振り上げられてるのに、話に夢中で気が付かない。トントントン、《ありがとう》、なんてやってたら怖いですね」

などと、たわいのない話をした。しかし、こういうやり取りをしていると冗談ではなく、《実際に書けるぞ》というストーリーも、浮かんで来る。

この時から、トークショーまでの間、宮部さんと話す機会が続いた。その世間話の間に、それぞれ、「あ、これ、書けますね」ということが何度か、あった。ところが、わたしは、宮部さんのアイデアは覚えているが、自分の分は忘れてしまったのである。残念。

さて、帰りに、《大紅袍《だいこうほう》》とか《白瑞香《はくずいこう》》などという、いかにも有り難い名前のお茶を買って帰った。

いれ方は説明書に書いてある。

お湯の温度も、《ヤカンの底から幾筋もの細かい泡が柱のように立ち上がって》きたのが《「魚目《ぎょもく》」》、《大きな泡がボコボコ勢いよく生じて》くるのが《「蟹眼《かいがん》」》としてある。

「お、魚だ」、あるいは「蟹《かに》になったぞ」などと楽しむ。《「水が老《つか》れる」》ので、このあたりで火を止めないといけないそうだ。

そうして沸かしたお湯を急須に注ぐ。《てっぺんにふんわりと浮かんだ泡を蓋《ふた》で掬《すく》い取るように蓋をして》――と書いてある。

ところで、その後のトークショーの時、大沢在昌《おおさわありまさ》さんが、

「宮部さんは、印字の紙を表裏、使うんですよ」

といい、宮部さんは、

「森林保護のためです」

と応じた。

勿論《もちろん》、宮部さんは吝嗇《りんしょく》ではなく、よく「ここは、アタシにまかせといて下さいっ」と、ポンと胸を叩く。そういう方の、こういう話は微笑ましくて、何より、今時珍しく健全で、いいと思う。

――で、その楽屋で、二人で話したものである。

「お茶飲んでますか」

「飲んでます、飲んでます」

《「蟹眼が――」》などと、話した後で、わたしはいった。

「《泡を掬い取るように》って書いてあったでしょう。あれって、勿体《もったい》なくありませんか」

宮部さんは、にこっと笑って手を打ち、

「勿体ないですよねー」

2

さて、お茶の説明書には、《はて？》と思った箇所があった。前記の通り、蓋をした、その後である。《上からサッとお湯をかけ、そのまま少し置きます》となっている。

蓋をした急須にお湯をかける——という経験は、今までの人生になかった。そこで、ひっかかってしまったのである。温めるのだろうとは、察したが、その一方で、微《かす》かに《誤植かなあ》とも思ったのである。

写真入りで、いれ方の載っている本を見たら、これはまさに説明書の通りだった。蓋をした急須に、熱湯をかけている。実際に見せられると、納得してしまう。

それにしても、先入観というのは厄介なものだ。それだけ、わたしの頭が固いということだろう。

小学四、五年の頃に、その固い頭で、ローマ字を習った。例題の一つに、こういうのが出た。

――YAMA NI WA, TORI GA IRUYO.

恐ろしいことに、わたしには、これが一目で《山にはトラがいるよ》に見えてしまったのである。一瞬、「何か、変だな」とは思った。しかし、「『水滸伝《すいこでん》』に《武松《ぶしょう》の虎退治》などというのも出て来たし、ま、いいか」てなもんである。

書き終えて、ノートを先生のところに持って行く。チェックしてくれるわけだ。他はい い。だが、当然のことながら、《トラ》に来ると、《何だ、こりゃー》といって、そこに、ぶっちがいの×をつける。Xならぬ《×の悲劇》である。

机に戻って、ノートを見るが、不思議なことに、どうしても《TORA》に、見えてしまうのだ。最初から、一字一字当たって行くが間違いが分からない。

再度チャレンジとばかりに、《あのー、これであってると思うんですけど》と持って行くと、鼻先で笑われてしまう。

それなのに、教えられて、いったん、《鳥》と分かると、今度はまごうかたなく《TORI》である。そう、《TORI》以外の何物でもない。

その時の狐につままれたような感じを、いまだに覚えているのだから、よほど印象深かったのだろう。

先入観があるうちは、眼前の明白な正解が見えなかった、というのも面白いし、頭を支配していた《虎》のイメージが一瞬にして、軽やかな《鳥》にすり替わり飛翔したところにも、無類の妙味があったのだと思う。

結局のところ、《山にはトリがいるよ》だが、最近では、鮨《すし》を食べる時などに、子供にこの話をし、《海にはトロがいるよ》と落ちをつけている。

さて、先日、有栖川有栖《ありすがわありす》さんに、我が町の名物のお煎餅《せんべい》をお送りしたところ、向こうから、随分とかさのあるものが届いた。《大阪名物》――ということである。

何だろう、と、わくわくしながら開けてみたら、阪神《はんしん》タイガースの鉢巻きとクッションが出て来た。虎が、いささか猫めいた顔で吼《ほ》えている（阪神ファンの間では、《吠《ほ》える》と書いてはならないことになっている）クッションは、今、これを書いている、椅子の背中に置いてある。

――大阪にもトラがいます。

3

ところで、ローマ字の練習なら《TORI》を《トラ》と読むのは誤りである。しかし、これが小説なら、《TORI》を、ある時は本来の《トリ》と読み、またある時には《トラ》、そして《トロ》と考える行為こそが、読書である。《トリ》としか読めないようなら、それは小さな本ということになる。

夢野久作の話が出たが、我々の先輩が、著作が入手困難な、しかし、注目すべき作家として話題にし、その後、広く読まれるようになったのが、夢野、小栗、久生《ひさお》の三人である。ひとくくりにするのが乱暴なのは分かっているが、わたしが後の二人と、どんな出会いをしたか振り返ってみよう。

小栗虫太郎もまた、高校生の時、東都書房の『日本推理小説大系』で読んだ。第五巻の『小栗虫太郎・木々高太郎集』を買った。

木々の方は、長編『人生の阿呆』が入っていた。本格推理という要素が、いかに小説を破壊するかを見せつけられて、何とも情けない気分になった。短編の『網膜脈視症』には感心したが、長編と短編、いうなれば多勢に無勢である。これが代表作なら木々高太郎というのは読む必要のない作家――と、インプットされてしまった。実は、木々には数多くの珠玉作があり、紛れも無く、日本推理小説史上の巨人の一人であると気づくのは後年のことである。

それはそれとして、虫太郎だ。『黒死館殺人事件』。こちらはもう、一ページ一ページがおいしくてならなかった。堪能した。夏休みに読んでいたのだが、その時の空気まで一緒に思い出される。

今にして思えば、この『人生の阿呆』と『黒死館殺人事件』という取り合わせは、残酷な意味で、絶妙といえる。単なる失敗作と成功作ではない。前者は、推理小説であるために小説ではなくなり、後者は、推理小説であるために小説となったのである。

わたしにとっての『黒死館』は、どういう本か。いわゆる《絢爛《けんらん》たるペダントリー》にも酔ったが、それ以上に、これは《名犯人小説》なのである。

いや、以上、というのは誤ったいい方だ。よき小説が必ずそうであるように、表現と内容はここでは一体である。この世界なればこそ、現れ得た犯人、それが運命の子、紙谷《かみや》伸《のぶ》子《こ》なのである。

全編を揺るがす、百雷のごとき言葉は、次のように登場する。

がその時、法水の眼に妖しい光りが閃めいたかと思うと、顔を算哲の胸骨に押し付けて、動かなくなってしまった。実に意外千万にも、その胸骨には縦に刻まれている、異様な文字があったのである。

PATER《パテール》!　HOMO《ホモ》　SUM《スム》!

「父よ、吾も人の子なり――」と法水は、その一行の羅甸《ラテン》文字を邦訳して口誦《くちずさ》んだが、異様な発見は尚も続けられた。と云うのは、その彫字の縁に、所々金色をした微粒が輝いているのと、もう一つは、欠け落ちた歯の隙に、多分小鳥らしいと思われる、骸骨が突込まれている事だった。（中略）

「小鳥の骸骨らしいのは、多分早期埋葬防止装置を妨《さまた》げたと云う、山雀《やまがら》の死体に違いないのだ。ねえ怖ろしい事じゃないか。つまり、一旦算哲は棺中で蘇生したのだが、その時犯人は、山雀の雛を挟んで電鈴《ベル》の鳴るのを妨げたのだよ」（『日本探偵小説

全集6　小栗虫太郎集』東京創元社）

わたしは、高校生の時も（今も）キリスト教については、例えば《TORI》をも《トラ》と読むほどに無知である。

だが、読みは個人の胸中にある。法水麟太郎《のりみずりんたろう》が心で《仲子よ、運命の星は汝の胸《イン・ダイネル・ブルスト・ルーン・ダイネス・》に横わる《シックサルス・シュテルネ》！》と叫び、結末が示された時、ああ、と思った。

——これは、キリストによる神殺しなのだ。

そして、虫太郎は、宗教について何という解釈をし、何という物語を創造したのかと感嘆した。

そうであるからこそ、物語の中盤で、絶体絶命の窮地に陥った仲子が、宗教上のそれではない、対極の位置にある一方の神、法水により、いや貴女《あなた》は《……虹に依って救われたのですよ》と、いわれる箇所が異様に輝く。

無垢を証明された仲子は、

「ああ眩《まぶ》しいこと……。私、この光りが、何時かは必ず来ずにはいないと……それだけは固く信じてはいましたけれど……でも、あの暗さが」と云いかけて、伸子は見まいとするもののように眼を瞑《つぶ》り、首を狂暴に振った。「ええ何でもして御覧に入れますとも。踊ろうと逆立ちしようと――」と立ち上って、波《マ》蘭輪舞《ツルカ》のような$\frac{3}{4}$拍子を踏みながら、クルクル独楽みたいに旋廻を始めた（以下略）。

と踊る。

ここが、かつて日本推理小説の中に描かれた場面の中で、最も忘れ難いものの一つになっているのも、そのためである。

さらにまた、前記引用箇所の、再生を阻止する小鳥の《雛》も、この物語でなければ成立し得ない、屈指の名凶器に違いない。

わたしにとっては、『黒死館殺人事件』とは、こういう物語である。これは、《誰々は、自分にとっては、どういう人だ》というのと、似ている。

第5章

『湖畔』における愛の生活とは

1

さて、久生十蘭《じゅうらん》だが、わたしは、毎度おなじみの東都書房の大系では読んでいない。なぜかといわれれば、持っていないからだ。では、なぜ買わなかったのか。答えは単純明快。久生の収録されている巻は四人集で、他に坂口安吾《さかぐちあんご》、加田伶太郎《かだれいたろう》、戸板康二《といたやすじ》が入っていた。わたしは、すでに新書版で『不連続殺人事件』を、アンソロジイで『団十郎《だんじゅうろう》切腹事件』を読んでいた。そして、久生の『湖畔』も、別の版で読んでいた。これを買っては、効率がよくない。古本屋回りをして、少しずつミステリを集めている高校生にとっては、大きな問題だ。

さて、その持っていない本の内容が分かるのも、同大系の別の巻――具体的には第十三巻、『鮎川《あゆかわ》・日影《ひかげ》・土屋《つちや》集』――の月報を、今、読んでいるからだ。これが昭和三十五年十月二十日刊行。編集後記にこうある。《思うに今日ほど推理小説が繁栄した時代はありますまい。現在の瞬間にも傑作が生まれているかも知れません。新人大いに出でよ！　推理小説万歳！》

手放しの喜びに溢《あふ》れた言葉である。どんな時代だったのか――と、新保博久《しんぽひろひさ》・谷口俊彦《やぐちとしひこ》・田原孝司《たはらこうじ》・山下泰彦《やましたやすひこ》編になる『必携ミステリー手帖』（蝸牛社）を開いてみる。これに「推理小説史略年表」というのが載っている。

なるほど、この言葉の書かれた前年、三十四年の作品には『憎悪の化石』（鮎川哲也《てつや》）、『ゼロの焦点』（松本清張《まつもとせいちょう》）などがあり、また創元推理文庫が発刊されている。

そして、三十五年に、今、話題にしている東都書房『日本推理小説大系』発刊。作品では『白昼の死角』（高木彬光《たかぎあきみつ》）などが出ている。

翌三十六年には、ミステリ評論の基本図書のひとつ、ハワード・ヘイクラフトの『探偵小説・成長と時代』の、林峻一郎《はやししゅんいちろう》による本邦初訳がなされ、『細い赤い糸』（飛鳥高《あすかたかし》）、『危険な童話』（土屋隆夫《たかお》）などが出版された。

まことに華やかな時であった。編集の方の心躍りも分かろうというものである。そして、こう書かれた推理小説ブームのさなか――三十五年、師走の同月同日、東では宮部みゆき氏、西では綾辻行人《あやつじゆきと》氏が生まれている。ミステリの星は、その頭上に輝いていたのだろう。

いやー、ドラマですねえ。

2

わたしは、この時のミステリブームには《遅れた》という印象が強い。象徴的な出来事があるのだ。

中学生の頃、友達と一緒に東京に行った。といっても、どこで遊ぶなどということは知らない昔の子供だから、結局は点と線。地下鉄に乗ってはデパート巡りをしていた。

その地下に古本屋さんが出ていた。轟々《ごうごう》と音がしていたような気がする。ホームへと降りる階段の裏か、通路だったと思う。

見ると平台に、月遅れの雑誌が何冊か並んでいた。その中に、宝石社から出ていたミステリ専門誌の、いわゆる旧『宝石』があった。銀色の表紙の増刊『現代オール推理作家傑作集』などを手に取り、確か、一冊三十円くらいで買ったのだと思う。

家に帰って、なめるように読み、この雑誌を定期購読しようと心に決めた。忘れもしない、昭和三十九年の春だった。駅前の本屋さんで、真新しい五月号を買った。四月発売だった。中学生が、本屋のおばさんに差し出すには、不似合いな雑誌だった。

ところが、――ところがである。桜が散っても、鯉のぼりが空に舞っても、その姿が消えても、心待ちにしていた、次の六月号はなぜか店頭に並ばなかった。

先程の「推理小説史略年表」、昭和三十九年の項には、こう書いてある。――《宝石休刊》。

《休刊》とはいっても、しばらく経ってから出た光文社の『宝石』は、性格の違う雑誌になっていた。何ということだろう。生涯で初めて買ったミステリ専門誌が、《終刊号》だったのである。お分かりいただけるだろうか、この時の気持ちを。ホームまで駆けて行ったのに、目の前で電車のドアを閉められたようなものである。

この号の巻末の言葉、「編集者より」を書いているのは、鮎川先生の『死者を笞打《むちう》て』に《『月刊推理』編集長大久保直公》として登場する、大坪直行《おおつぼなおゆき》氏である。この時、大坪氏は、あからさまにはいえぬものの、自分の綴《つづ》る文章が『宝石』の最後の《編集者の言葉》になることを知っていた筈《はず》だ。となれば、これは、雑誌を、ミステリを愛してくれた読者達への、惜別と感謝の言葉なのだ。

先程の、三十五年の《ミステリの春》を謳《うた》う言葉と並べた時、四年の歳月の流れというものが見えて来る。

大坪氏は、去年《こぞ》の雪のごとく消えたブームのことを語り、《じかに耳にした》という、有名大衆雑誌編集長や作家の、推理小説に対する、深い深い軽侮の念のこもった発言を記す。

だが一方で、前記のヘイクラフトの書から、次のような箇所を抜く。《「探偵小説の衰退を予告することは、じっさい恋愛小説、歴史小説、叙事詩、戯曲などの滅亡を予言するのと同じことである。たしかに、探偵小説は沈滞と不評の時期を通って来たが、そのたび新しい意匠で擡頭したのである」》。ヘイクラフトは、ミステリとはその形式でなければ表現し得ないものを持つ、一形式であり、その登場は歴史の必然であるという。

大坪氏は、輝かしい『宝石』の歴史の幕を引きつつ、同時に彼の言葉を引いたのだ。

そこで、唐突だが、

シラノ　うん、貴様達は俺のものを皆奪《と》る気だな、桂の冠も、
薔薇の花も！　さあ奪れ！　だがな、お気の毒だが、貴様達
にゃどうしたって奪りきれぬ佳《い》いものを、俺《おり》ゃあの世に持っ
て行くのだ。それも今夜だ、俺の永遠の幸福で蒼空の道、

広々と掃き清め、神のふところに入る途すがら、はばかりながら皺一つ汚点《しみ》一つ附けずに持って行くのだ、

（彼は高く剣を翳《かざ》して躍り上る）

他《ほか》でもない、そりゃあ……

（剣は彼の手から離れ、彼はよろめいて、ル・ブレとラグノオの腕に倒れる）

ロクサアヌ　（シラノの上に身をかがめてその額に接吻しながら）それは？……

シラノ　（再び目を開いて、ロクサアヌを認めて、かすかに笑いながら）私の羽根飾《こころいき》だ。


というのは、あまりにも有名な、辰野隆《たつのゆたか》・鈴木信太郎《すずきしんたろう》の名訳による、エドモン・ロスタン作『シラノ・ド・ベルジュラック』（岩波文庫）の大団円である。

終刊号の巻末で大坪氏が見せたのも、日本ミステリそのものともいえた推理小説専門誌『宝石』編集長としての、《他でもない、そりゃあ》心意気に違いあるまい。

そして、三十数年を経た現在、その星の下に生まれた多くの子供達により、小説としての力をつけたミステリというジャンルは、実に様々なことを、豊かに語るようになった。

いやー、これまた、ドラマですねえ。

3

『宝石』に振られてがっかりしていたわたしだが、しばらくして、中島河太郎先生らの手により『推理界』という雑誌が出た。喜び勇んで買い求め、アンケートの葉書に小さい字で（沢山書けるように）、幼い意見をいろいろと並べたものだ。

『推理界』は、ほとんど揃っていたのだが、今は手元にない。書庫が手狭になったので、東京創元社の資料庫の方に引き取っていただいた。そこで、記憶に頼って書くのだが、「推理文学館」というコーナーがあった筈だ。ミステリ史上の名作を、再掲載するというものである。

同様の企画は『宝石』にもあり、また、後の『幻影城』の呼び物でもあった。わたしが、羽志主水《はしもんど》の『監獄部屋』と、めぐりあって、びっくりしたのも、この「推理文学館」であった。

『湖畔』も、そこに載っていたのだと思う。久生十蘭との最初の出会いであった。それ以来、この古典の読みに関して、気になっていることがある。この機会に書いておきたい。というと、《『湖畔』ほどの著名作についてなら、誰とでも話せるだろう》――と思われるかも知れない。ところが、そうもいかない。新作に比べて、古典の方が話しにくいこともある。つまり、相手に、こういわれてしまうのだ。――《読んではいるんだけれど、細かいところまでは覚えていないね》。同様のことは、わたしもよくいうのだから、責められない。

さて、この作が推敲《すいこう》し尽くされた純愛の物語である――という総論は、何度も目にした。そういう意味では、後から来る者は、澁澤龍彦《しぶさわたつひこ》が『久生十蘭全集Ⅱ』（三一書房）の解説で書いた《奇妙な漢語と明治時代の英語をふんだんに用いて、ことさら時代錯誤のユーモラスな効果をねらった傑作》《ブラック・ユーモアと浪曼的アイロニー》《愛を求めながら愛されない苦悩》《狷介孤独》《作者の内面の戯画》《純愛のモティーフ》などという、至れり尽くせりの言葉を、ただ順列組み合わせ的に、並べ替えて見せるしかないし、またそれで十分なように思える。

わたしの気になっているところは、そこにはない。各論的な、しかし、内容には深くかかわることである。

今、これを書くために何度目かの読み返しをしてみた。冬の日の、硝子《ガラス》窓から差す午前中の光で読むのに、まことにふさわしい話であった。

ここからは『湖畔』を読んでから、先に進んでいただきたい。

さて、主人公は、不義をした最愛の妻を殺したかどで、裁判にかけられたが、精神を病んだ前歴から責任無能力者と判断され、無罪となる。しかし、実は、殺したと見せた妻は尼寺に放逐したのだった。

ところが、その逃がした筈の妻の死骸が、湖からあがる。耐え切れず、自決したのだと思うと、いいようのない悲しみが、主人公の胸に湧き上がる。問題は、そこから先だ。

主人公は、《人のいないところへ行って思うさま泣いてやろうと思い、庭のつづきから裏の林へ入って行った》(『日本探偵小説全集8　久生十蘭集』東京創元社)。

そこで、死んだ筈の妻に会い、狂喜して林の奥の小屋で、愛の生活に入る。つまり、創元社版の解説で、清水邦夫《しみずくにお》氏のいう《世間的には自分が殺したことに見せかけている妻と、林の奥の小屋で人目を忍んで逢瀬を重ねるところ》になるわけだ。

問題は、それが現実に起こったことなのか、主人公の夢想なのか、ということである。

これは、問題なく後者だろう。

当たり前過ぎて誰もいわないのだ、とは思う。《こんなことを、ことさらに書くとは》と、笑われそうな気もする。しかし、話を覚えている数少ない友達に聞くと、《えっ、そうなの？》と驚くから、ややこしい。

そうなると、違う読み方をしている人が、もっといるのだろうかと不安にもなり、ひょっとしたら、こちらが誤りなのだろうかとさえ思えてくる。

——いや、そんな筈はない。

主人公にとって愛する具体的な対象、陶《すえ》（妻の名）は、——天にも地にも掛け替えの無い女は、この世には存在しないのである。死なせたのは自分だ。いや、いっそ殺したのは自分だ、といってもいい。

それを、あからさまに述べているのが、《見れば見るほど陶の身体に似ているようで気もそぞろになッてきた。陶の下顎の門歯と犬歯の間に小さな虫喰孔《むしくい》があッたのを思いだし、恐る恐る顔を差しかけてのぞきこんで見ると、そこに見馴れた孔があった。俺は思わず尻餅を突いた》という部分だろう。これは《現実》が主人公に向けて振り下ろした、はずれることのない鉄槌だろう。——陶は死んだのだ。

その《死んだと思った妻》と再会する部分の描写はどうか。

《陶が両袖を胸の上でひきあわせ、顔を白ませて夕闇の中にボーッと立って居る》と、いったん出しておいて《俺は悲しみのために頭が狂い、また妄覚にとッつかれるようになッたのかと思い、影のようなものをぼんやりと眺めていた》と、理性の方に針を戻すところが巧妙。さらに、陶の様子を描いて《しかし生きた人間でない証拠に、顔の輪廓が薄れたり朦朧となったりする》と、妖《あや》しく哀しく冷静な判断をし、

なんであろうと懐しくてたまらぬから、

「陶」

と声をかけると、陶は子供のようにしゃくりあげながら飛込んできて、息のつまるほど俺の首を抱きしめてオイオイ泣いた。

陶が死んだのではなかったと思うなり、陶の生きているところを誰かに見られたら、それこそ事だとうろたえだした。


ここで、《ああ、じゃあ生きていたんだ》と読む人がいるらしいのである。以下、延々

と続くのは、生きている陶との、現実の生活だと。

わたしには、そうは思えない。理性の方に揺れた針が、陶が《オイオイ泣いた》という瞬間に、押さえを失ったのである。ここから、主人公は非現実の世界に入る。だからこそ、最後に二人がおくるのは——まさにこの世のものならぬ——純な、至福の生活となる。

《高木《たかぎ》》の一件は、彼が実際に《霊としての陶》を見たのかも知れない。それでもいいのだが、《陶はだまって俺の顔を見返した。高木の口を塞ぐために、俺が締め殺したと思っているわけでもあるまいが（以下略）》と、ことさらに書かれている。十蘭が無駄な言葉を書くわけもない。となれば、これは、《俺が締め殺した》と考えるのが妥当だろう。死体は勿論《もちろん》、一人で運んだ。《俺が転ぶと陶も転ぶ》わけである。

主人公が精神を病んだことがある、というのも、当然、周到極まる伏線である。前半に置かれたその石は、このための布石と考えるしかないのではないか。その意味で、これは『ハムレット』にも繋《つな》がる作品なのだ。

第6章

『ハムレット』をめぐって

久生十蘭『ハムレット』の内容に触れていますので、そちらを先に、お読み下さい。

1

久生十蘭に、名作は数多い。ここでは、もう一つ『ハムレット』をあげてみよう。

実は、わたしは、『ハムレット』を読む前に、テレビで、その原作ともいうべきルイジ・ピランデルロの傑作戯曲『ヘンリー四世』を観てしまっていた。

日曜日、NHK教育テレビで九時からの放送だったと思う。ヘンリー四世が芥川比呂志《あくたがわひろし》、チト・ベルクレディが神山繁《こうやましげる》だった——と、いえば時代が分かる。多分、わたしは高校生だったと思う。

感嘆した。

しばらく前に、わたしは『スキップ』という作品を書いた。その時には、まったく意識しなかったが、書き終えて一年ぐらい経った、ある時、《ああ、あの悲哀の調子は『ヘンリー四世』に、近いな》と思った。背景も、人物も、その行動も、結末も、まったく違う。

しかし、以下に引くところには、相通ずるものがあると思う。

主人公は、若かりし謝肉祭の日、ヘンリー四世（カノッサの屈辱で有名な、神聖ローマ皇帝ハインリッヒ四世のことである）の仮装をし、馬に乗り行進していた。だが、恋敵の男に突っ掛かられ落馬し、頭を打ち、そのまま妄想の世界に入り込む。自分がヘンリー四世その人と思い込むようになってしまったのだ。――まさに《劇的な》仕掛けである。そのまま数十年の時が流れた。主人公の愛したマチルデは、恋敵と結婚し、今は厚化粧の中年女となっている。

劇の最後で、観客は、主人公が、すでに正気を取り戻していたのに、なおも、ヘンリー四世としての生活を続けていたと知る。

なぜ、と聞かれて、主人公はいう。

> ある日、この目がはっきりと物が見えるようになった時、ぼくはそれに気がついて、愕然とした。灰色になったのは、髪の毛だけではなかった。……なにもかもが灰色になってしまったのだ。なにもかもが崩れてしまった。なにもかもが終った。

……既に食卓のあと片づけをすませた宴会に飛び込んできた、飢えた狼のようなものだった。（内村直也《うちむらなおや》訳『ピランデルロ名作集』所収・白水社）

おそらく、多くの人間が、人生のどこかの時点で、こういう思いに捕らわれるのではなかろうか。とっぴな形を取ることによって、普遍の真実が、より良く語られるということはある。まさにその好例である。

ヘンリー四世の数十年の空白とは、即ち比喩《ひゆ》である。——そこで一方に、これとは正反対に、満たされた青年期壮年期を過ごした筈《はず》の人物を置いてみる。光源氏《ひかるげんじ》である。人としての栄華を極めた彼の口から、『源氏物語』全編のクライマックス、「若菜」の巻で、こういう言葉が出る。

今なら中年だが、当時の感覚なら老境にある源氏が、柏木《かしわぎ》に、いう。——お前は、若さを誇り、わたしの老いを笑っているね。

さりとも、今しばしならむ。さかさまに行《ゆ》かぬ年月よ。老《お》いは、えのがれぬわざなり。(日本古典文學大系・岩波書店)

外ならぬスーパースター源氏がいうから、この言葉は恐ろしい。それでは、時とは、決して満たされることのない器なのか。

確かに《さかさまに行かぬ》道を歩むのが人間である。だが、花鳥風月森羅万象、ことごとく、その理《ことわり》の外にあるものはない。今年降るのは、去年《こぞ》の雪ではない。移ろうのは万物だ。

しかしながら、人でなければそのような《年月》の中にいるとは考えもしない。――雪に悩まれても困る。そこに思い至り、おびえたり、感傷にふけったりするのが人間だ。

それは、取りも直さず、彼あるいは彼女が《しかし》、《だからこそ》とも考えられる――ということに外ならないだろう。

2

十蘭の『ハムレット』に関しては、こういうわけで、ピランデルロの《原典》の方を先に知った。階段を一段目から上ったように、正しい順序で読んだ、ともいえる。しかし、正直なところ残念でもある。

日本で、この仕掛けを味わうには、《ヘンリー四世に憑《つ》かれた》という設定より、《ハムレットに憑かれた》とした方が、ずっと事の次第が飲み込みやすくなる。それだけではない。シェークスピアの創造したデンマーク国の王子は、正気か狂気かを疑われている。この二重写しの効果は絶大だ。『ヘンリー四世』の《仕掛け》を、『ハムレット』でやったら——というのは、実に魅力的な着想である。ここに思い至ったら、作家たるもの、筆を執らないわけにはいかないだろう。この絶妙さを先入観なしに、味わいたかった。

さらにいうなら、演劇は、様々な演出、役者により、違った世界を見せてくれるものだ。それこそが《劇》の特質である。ただ一つのものではない。——というい方が誤解されやすいとするなら、《ただ一つの舞台が、そのつど生まれるものだ》といってもいい。

だから、同じ戯曲の公演を一度観た、ということは、何ら、別の上演に接する妨げとはならない。その経験こそが、《今度の演出家はどんな舞台を観せてくれるのか》と我々の胸をわくわくさせる。それは、《本を読む》という行為より、《本を読んだ人の話を聞く》のに、より近い。

当たり前のことだが、舞台とは、《台本》ではなく《解釈》を観る場に外ならない。

となれば、まず《小説》の形態をとった作品により、この《仕掛け》を知りたかったと思うのも、無理ではなかろう。

そう思えるのも、無論、十蘭の筆が凡手ではないからである。これほど、特殊な《仕掛け》を借りれば、下手をすれば、盗作にしかなり得ない筈だ。《作家》がやらなかったら、そうなっていたろう。しかし、作家とは、技量は無論のこと、《仕掛け》を通して語るべきことを持つ人間のことである。

十蘭は、ここでは、世の邪悪に対する個の純粋を描いている。そして、純粋なる《個》は必然的に《孤》に通ずる。

主人公ハムレットは、小松顕正《こまつあきまさ》と名付けられる。

この名は、《破邪顕正《はじゃけんしょう》》という四字熟語に通じる。今では、あまり聞かなくなったが（『広辞苑』にも『新明解』にも出てますよ）、戦前なら普通に使われたであろう言葉だ。

邪道を破り正道を顕《あらわ》すという名を、よりによってこの、裏切りの淵《ふち》に沈んだ人物につけるとは、何という皮肉だろう――と、思う時、作者の眼が、北方の深い湖のように、冷たく、透明で、静かなものに見えて来る。

それを頭に置いた上で、例えば東京創元社版、『日本探偵小説全集8　久生十蘭集』、『ハムレット』の七六二から三ページあたり、《この事件の惨憺《さんたん》たる事情》について語られる部分を読んでみたらどうか。

《破正顕邪》のただ中に置かれた時、久生の主人公が、どのような相貌を見せるものか。その文は、鑿《のみ》をもってするごとく、読者の胸に刻まれるであろう。

3

この作については、内容の他にも、忘れ難い思い出がある。

一読されると、すぐお分かりと思うが、祖父江《そふえ》という人物の年齢設定がおかしい。巻頭の場面で《青年》である筈がない。あまりにも明瞭なミスなので、何かあるのかと思ってしまうが、これは単純な勘違いだろう。

さて、わたしが大学を出て何年か経った頃だった。東京創元社の戸川安宣《とがわやすのぶ》さんが、電話をかけて来てくださった。

「今度、中井英夫《なかいひでお》先生にお会いするんですが、来てみますか」

夢かと思った。中井先生が、同じ地球にいるというのが、不思議な気がした。

『虚無への供物』が刊行されたのは、わたしが中学生の時である。新聞に大きな広告が出たのを見た。読みたいと思ったが、当時のわたしには手の出ない値段だった。

国語の先生が、その頃、入院し、何人かでお見舞いに本を持って行こうということになった。何を買うかは、わたしにまかされた。

友達と二人で買いに行ったのだが、そこで『虚無への供物』を指さし、《自分だったら、これが欲しい》といったのを覚えている。しかし、喜んでもらえるかどうか分からない。何より、病気見舞いに連続殺人の本というのも、いかがなものかと思えた。

結局、国語の先生向きで、無難なものと思い、その年の新刊、新聞の書評でも評判のよかった『楡家《にれけ》の人びと』を選んだものだ。――もっとも、これは無難すぎて、《もう、読んだ》と、いわれてしまったが。

そういうわけで、結局、『虚無への供物』を読んだのは高校生になって、古本屋さんで買ってからである。掘り炬燵《ごたつ》に入って、文字通り、貪《むさぼ》るように読んだ。世の中に、こんな面白い本があるのかと思い、また、ラストでは、探偵小説がこんなことまで語れるものかと驚嘆した。

ミステリという手袋は、こんなものだと思って手にはめていた。暖かく心地よく、外界を遮断するものだと思っていた。ところが、それを目の前で、くるくると返されたような気になった。気づかなかった裏地が見えると同時に、ミステリに覆われていた筈の自分の肌が、次の瞬間には、外界の空気に否応無しに触れさせられていた。

こういう作品を新本で買わなかったのが、申し訳ないような気がして、三一書房から『中井英夫作品集』が出ると知った時には、発売日に、神田に出掛けた。千八百円だった。《えいやっ》とばかりに買った。大袈裟ではない。千円を越える本など珍しかった時代である。しかしながら、物価の推移を考えると、現在の方が、本は格段に安くなっている。一方、本にお金を使う人は減っているらしい。困ったものである。

——ところで、今、思い出したが、あの瀬戸川猛資《せとがわたけし》先輩が、高田馬場《たかだのばば》辺りでの飲み会の時、鏡明《かがみあきら》先輩に向かって、一万円札を広げ、

「鏡、これで勝負だっ！」

と叫んだ場面を覚えている。一同が、

「おおっ！」

と、どよめいた。万札を持っているというのが《事件》だったのだ。

それはさておき、《中井先生に会える》と聞いて、嬉《うれ》しいというより、ただただ緊張してしまった。

場所は忘れもしない、銀座《ぎんざ》の三笠《みかさ》会館一階の喫茶室である。戸川さんと中井先生が、お茶を飲みながら、打ち合わせしていらっしゃるのを、脇で聞いていた。一段落したところで、先生は、こちらにも話しかけてくださった。

難しい方だという噂を聞いていたのに、終始、にこやかに話された。『虚無への供物』の奈々村久生《ななむらひさお》が、十蘭の姓から借りた名前であることは知っていた。先生がその時、話題にしたのも、久生のことだった。

『ハムレット』の、先程の年齢の齟齬《そご》について語られた。《あれには、おかしなところがあってね――》という、いい方をなさったのだと思う。久生は緻密《ちみつ》なようで、現実を離れたこともそ知らぬ顔で書き、そこのところが《十蘭の嘘》といわれた、などと話された。

小一時間ばかりのことで、どきどきする、まことに彗星《すいせい》が横を通り過ぎたような体験だった。今から、思えば、《もっと、いろいろ聞いておきたかった》となるが、その時は夢中だった。《サインをもらっておけばよかった》などとミーハーなことを考える余裕が出て来たのも、お別れして一人になってからである。

このことがあったので、『ハムレット』は、さらに忘れ難い作品となっている。

4

忘れ難いといえば、東京創元社『日本探偵小説全集』、十蘭の巻のゲラを読んでいた時のこともそうだ。最後に、久生夫人、幸子《さちこ》さんの「あの日」という文章が載っていた。衝撃だった。

これは戸川さんが、『別冊宝石』の『久生十蘭・夢野久作読本』から転載したものだ。わたしは、この雑誌では夢野の『氷の涯《はて》』の印象が強烈だった。しかし、幸子さんの文章は覚えていなかった。

もし、読んでいたのに記憶していなかったのだとしたら、若い時というのは仕方のないものだ、と思うしかない。

文末に響く《た》の張り詰めた調子に、ここに十蘭がいると震えた。後年、某社の編集の方に、「あれは凄いですね」といわれ、その時のことが蘇《よみがえ》り、思わず、「――でしょう？　でしょう！」と、叫んでいた。

第7章

文殊の知恵

1

夢野久作、小栗虫太郎、久生十蘭といえば、日本ミステリ史上の巨人達である。その代表的作品を、初めて読んだ時のことを書いて来た。

ただ、ここで確認しておきたいことがある。優れた作品とは、魅惑的な島のようなものである。どこから上陸しても、豊かな姿を見せてくれる。

例えば『瓶詰地獄』は、中条省平氏の文章を知らなくても傑作である。なぜか。――ほとんどの人間が、無垢であった自己を懐かしむ一方で、それを変貌させ、やがては無限の虚無の中に落とし込む、《時の流れ》の存在を感じているからであろう。

だからこそ、あの逆転された瓶の配列は、万人にとって、戦慄と悲哀そのものになる。

そして最後の場面で、読者は、時の狭間から、わずかに木漏れ日に照らされた瞬間を覗いたような思いになる。見てはならない座敷を垣間《かいま》見る恐れと共に、郷愁の美をも感じるのだ。

そう、——当たり前のことだが、《感じる》ことが根本なのだ。言葉が並ぶと理屈に見えるかも知れない。だが、それは、《感じ》の後を説明が追いかけたものに過ぎない。最初にあるのは、形にならない《ああ！》という息だ。その息は、理屈でつけるものではない。

篠田《しのだ》一士《はじめ》は、『現代詩人帖』（新潮社）を、「なによりも音楽を」という西脇順三郎《にしわきじゅんざぶろう》論から始める。そこには、西脇の次のような作品が引かれている。

秋（Ⅱ）

タイフーンの吹いている朝
近所の店へ行つて
あの黄色い外国製の鉛筆を買つた
扇のように軽い鉛筆だ

あのやわらかい木
けずつた木屑を燃やすと
バラモンのにおいがする
門をとじて思うのだ
明朝はもう秋だ

そして、篠田はいう。——この《詩的言語》の《音楽的効験はすばらしい》。だが、ここで使われているのは《『Ambarvalia』の詩人とは別人ではないかと思うほど、ごく日常的》な《ありふれた言葉》である。

ひとつひとつの言葉をとれば、どうして、ここにポエジーが醸しだされるのか、不思議といえば、こんなに不思議なこともない。
だからといって、タイフーンの朝、なぜ、黄色い外国製の鉛筆を買うのか。あるいは、なぜ、その鉛筆が扇のように軽いのか。さらに、鉛筆をけずった木屑の燃えがらから、なぜバラモンの匂いがするのかと、なぜ、なぜをくりかえし、頭を悩ます必要はない。むしろ、そんな謎解きめいたことをすれば、折角の音楽はきこえなくなり、つかみかけたポエジーも逃げてしまう。

思わず自嘲をこめて、にやりとしてしまう。この詩についての言葉だから面白い。まさしく、これは、《なぜ》という疑問を連発したくなる詩ではないか。そういう眼で見る限り、《答え》が出ないと不安になる。——これは自然なことだろう。

不安が、ものを味わうのに良い条件である筈《はず》がない。心が、三角錐《すい》を逆に置いたような状態にある人の耳に、音楽は届かない。

その時、そんじょそこらの人間に《なぜ、なぜをくりかえし、頭を悩ます必要はない》といわれても、逆さまになった心は休まらない。いってくれるのが、外ならぬ篠田一士であるところが値打ちだ。

2

ここで語られているのは、大事なことだろう。そして真理だ。

偶然だが、わたしは西脇順三郎を愛する美女と話したことがある。彼女もまた、西脇の詩の難解さに不安を感じるのは愚かなことだといった。

彼女は小学生の頃、マグリットの絵を見たという。何が描かれているかは問題ではなかった。眼前に広がるのは、懐かしいような、心震わせるようなイメージだった。中学生になって、西脇の詩、「眼」を初めて読んだ時、その絵に通ずるものを感じたそうだ。

眼

白い波が頭へとびかゝつてくる七月に
南方の奇麗な町をすぎる。

静かな庭が旅人のために眠つてゐる。
薔薇に砂に水
薔薇に霞む心
石に刻まれた髪
石に刻まれた音
石に刻まれた眼は永遠に開く。

十三、四の柔らかな心は、そこに《時の停止したような永遠》を見た。《この詩は、わたしをどこかに連れて行ってくれる》と感じ、西脇という詩人に関する予備知識など何もないままに、《ここに、わたしの好きなものがある》と思った。

——いや、しかし、早熟な、眼の綺麗《きれい》な女子中学生が、「眼」というこの詩を読みながら、マグリットの、海や風や空気を連想しているところも絵になりますね。

それはさておき、この詩は教科書に載っていたそうだ。授業では先生が、この詩の《意味》について語ってくれたのかも知れない。十中八九はその筈だ。だが、彼女は先生のいったことは何も覚えていない。しかし、詩が残ればいい。

以降《なぜ、この言葉が使われるのか》と考えたことは、勿論《もちろん》ある。しかし、結局のところ、彼女にとって大事なのは、その言葉が醸《かも》し出すイメージそのものだった、という。

わたしは、大きく頷《うなず》いた。同感である。正しいと思う。

だが、それは《謎解き》が無意味だということではあるまい。

言葉の遊びめくが、《折角の音楽はきこえなくなり、つかみかけたポエジーも逃げてしまう》ような、――そういった種類の《謎解きめいたこと》が無意味なのである。

例えば、『瓶詰地獄』について中条氏の語ったことは《理屈》ではない。氏は、それをも瞬時に《感じた》に違いない。読むとはそういうことであろう。

階段を一歩一歩上るようなものではなく、文章に触れた瞬間に、ある人は数段上に、ある人は踊り場に、またある人は別の建物の屋上にいる。だから、他人の読みを聞くのが面白い。他の人のように《感じる》ことは、いくら考えても出来ないからである。

その読みが作者の意図に沿ったものであっても、《分かったぞ》とは誇れないし、また違ったところで、解釈が無意味になるわけでもない。当て物ではないのだ。

そんなものであったら、《分かる》が、せいぜい《作者の意図に迫る》程度のことになってしまう。表現の妙味とは、作者をも越えた微妙なところにある。

逆に、作り手の側から考えたらどうなるか。いいたいことがないわけがない。だったら、それをもっと分かりやすく書け、といわれても、そうはいかない。書きたいのは、その形なのであって、動かしようがない。ここにこそ滋味がある。久生の作品を前にして、《もっと、分かりやすく》などと注文をつける編集者がいたら、天罰が当たるだろう。西脇の詩に同じことをいったらどうか——と考えればいい。より短いだけに、事情はさらにはっきりするだろう。

だからこそ、読者の側にも《読む》という自己表現の楽しみが生まれるのだ。西脇の詩も、多くの研究者により様々な解釈がなされていることだろう。

だが、いかに緻密《ちみつ》であろうと、音楽の響かない謎解きがなされていたら、それは乾ききった枯葉のようなものだろう。そこに現れるのが、西脇の詩という譜を読んだ人物の、楽器としての善し悪しである。結局は、そういうことだろう。

ただ、付け加えるなら、楽器にあった譜がある、ということもまた事実だ。いかにストラディバリウスでも、和太鼓用の譜を持って来られたら、お手上げだろう。楽器が良くて、譜に値打ちがあっても、どうしても読めないものは、ある。

また、音を発するから名器というわけでもあるまい。訳知り顔に理屈を並べず、ただただ繰り返し読み、思いを言葉には出来ないが、深く深く共感する読者もいるだろう。いうまでもない。それもまた、——美しい琴なのだ。

感じたことを言葉にするにしろ、しないにしろ、読む時に理屈はいらない。邪魔になるだけだ。

しかし、そこに情だけではなく、頭の働きがあることも確かだ。その働きは理屈ではなく《知恵》ではないか。

3

先日、サントリー美術館に行った。

サントリーホールの音楽会のことを、ある作品に書いたことがある。サントリーのミステリー大賞の公開選考会を聞きに行ったこともある。縁があるのかも知れない。

さて、やっていたのは『動物表現の系譜』という特別展。副題が「戯れる猿、もの想う猫」というのだから洒落《しゃれ》ている。こういう企画を立て、実現するのは、さぞ楽しいことだろう。アンソロジイを作る喜びが、ここにある。

ところで、展覧会に行った時の楽しみは、自分を捕まえてくれる作品に出会うことだ。それが著名なものでなかったりすると、こちらだけを向いてくれたようで、余計、嬉しかったりする。

入ってしばらく行ったところに、軸が二幅並んでいた。今回は、その内、右側の『文殊《もんじゅ》菩薩《ぼさつ》』に魅きつけられた。

絹本《けんぽん》着色。室町時代、明兆《みんちょう》の作とある。その菩薩様が、居並ぶ他の仏様の装飾的な描き方と違って、浮き上がって見えた。近代的な知性を感じさせる、整った顔立ちをなさっている。何よりも真摯《しんし》な瞳《ひとみ》がいい。

その少し前にある像も、耳に独鈷《どっこ》のミニチュアのピアスをしていて、《仏様も、今時の若者みたいだな》と思った。この文殊菩薩も、耳にはイヤリング、そして髪飾りからネックレス、各種ブレスレットと、なかなかにお洒落である。

菩薩が女性かどうかはさておき、このお姿、お顔は、どうしてもそういう眼で見たくなる。

ところで、なぜ、この菩薩様が『動物表現の系譜』に現れたのかというと、答えは簡単、獅子《しし》に乗っていらっしゃるからだ。文殊は獅子、普賢は象、金太郎は熊に乗るものと昔から決まっている。

右の足を上にして組んで、その獅子の上に横座りになっていらっしゃる。朽葉色の衣服を身にまとっているのだが、よく見てどきりとする。肘《ひじ》を中心として、二の腕が露《あらわ》になっている。要するに、衣服はどういうわけかセパレーツになっているのだ。腕の向こうには、鳩尾《みぞおち》から下の辺りの白い横腹がちらりと見える。そこに媚《こ》びない（当たり前だ！）、清潔な色気がある。

カタログを見て、またびっくりした。後半に展示される予定の作品に、別人の手になる『釈迦《しゃか》三尊像《さんぞんぞう》』がある。その右端の文殊菩薩と、この明兆の文殊が、写したように同じポーズ、同じ衣装なのである。これが室町の文殊像のパターンなのであろう――と思った。

実はこの後、あることから、サントリー美術館にまたまた足を運ぶことになったのだが、その時に、主席学芸員の石田《いしだ》佳也《よしや》氏が、そうであることを丁寧に教えてくださった。

しかし、型があっても、描くのは個人である。型があるということは、枠があるということではない。作品は見事に独立したものとなっている。

その明兆とは、どういう人か。『日本美術絵画全集第1巻　可翁《かおう》／明兆』（集英社）の金沢弘《かなざわひろし》氏の解説を読むと、こんなことが書いてある。

室町初期の人で、淡路《あわじ》島の生まれ。東福《とうふく》寺の大道《だいどう》和尚の弟子。絵ばかり描いていると破門するといわれた。それでも不動明王を描いていると、師が《帰って来たので、あわてて膝の下に隠した。ところが画中の火焔がその膝をかいくぐって燃えて見えた。そこで大道和尚はこの神技に感じて、以後絵を描くことを許した》。

金沢氏は、有名な雪舟《せっしゅう》の鼠のエピソードに対して、こちらが不動明王であることが、《明兆の絵仏師的性格を如実に物語る》という。なるほど。

さて、対になる普賢菩薩は理性を表すといわれる。文殊は《三人寄れば――》といわれる通り、知性の象徴である。

明兆の、この絵を見て思った。――理性には色気はないが、知性には色気があるものだな、と。あるいは、静的な理性は色気を離れたところに存在するが、知性は動的なものである。《知恵》の水際だった動きからは、色気が匂い立つものだ――といってもいい。優れた読解には、色気を感ずるものだ。ここが大事なのではないか。

4

サントリー美術館を、再度、訪れることになったと書いたが、実はこれについては面白い話がある。

猿のことだ。

第8章

名探偵たちとの遭遇

1

猿のことを猿猴《えんこう》ともいう。《猴》と《喉《のど》》は、へんが違うだけだから縁がある（――というのは、何の理由付けにもならない。要するに、ただのこじつけだが）。猿の前に喉のことを書こう。

美術館に行く前の晩に、テレビを見た。ＮＨＫの《風邪》に関する番組である。喉が冷えると風邪をひきやすい――といっていた。納得出来る。

だが、冷えといっても外因性のものとは限らない。何と、ストレスが影響するそうだ。番組では、被験者となった大学生が、神経を使う作業をやらされた上に罵《のの》しられる。《ぐっ。……どうも、……すみません》などといっている。――そこで、喉の温度を計る。すると、見事に下がっている。なるほど、ストレスによって、喉が冷える。そこで先生が、まとめた。

《だから、根拠があるのですよ。——馬鹿は風邪をひかない、というのには》。《なーるほど》と感心した。で、その翌日、東京に出た。風邪気味だった。《よし、喉を可愛がってやろう》と思い、駅で《のど飴《あめ》》を買った。嘗《な》めた。

歩きながら、ふと、思った。薄荷《はつか》でスースーする。この冷涼感というやつは、喉の温度を下げているのだろうか。

テレビの体のための番組などは、《へえー》と笑いながら見て、すぐに忘れてしまうのが、一番健康的だろう。だから、真剣に悩んだわけではない。また、薄荷の飴を嘗めたぐらいで、風邪をひきやすくなるわけのものでもなかろう。

ただ、お遊びとして、《風が吹けば桶屋がもうかる》式に、——風邪気味だから喉の調子が悪い、喉の調子が悪いから《のど飴》を嘗める、《のど飴》を嘗めると喉が冷える、喉が冷えると風邪をひく……とつながったら愉快だな、と思ったのである。

もっとも、そんなことを呑気《のんき》に考えているような奴なら、風邪をひかないのかも知れない。

2

というわけで、《どうなっているんだろう》という面白いことは、身近にも結構、転がっているものだ。

前回、述べた通り、サントリー美術館の『動物表現の系譜』展に行った。一通り見てから、休憩室のようなところに入った。

いろいろなパンフレットが置かれている。中に、薄黄色の出版案内のちらしがあった。秦恒平《はたこうへい》氏の『猿の遠景』(紅書房)に関するものである。まず、《中国南宋時代の画家毛《もう》松《しょう》が描いたと伝えられる「猿図」が日本にある》と書かれている。

ちらしが、ここにあるわけは、それで分かる。毛松の「猿図」こそ、この展覧会の呼び物なのだ。手にした入場券にも、「鳥獣戯画」と並んで、それが刷られている。ただし、わたしが最初に行った時には、現物を見ることは出来なかった。展示替えがある。真打ちは、後半に出て来る。

秦氏の本もまた、後日、入手したのだが、ちらしの続きは、そちらの言葉を拾って御紹介しよう。『猿の遠景』は、こう始まる。

《面白いはなしが、ある。あまり面白いのでこの五、六年、ときどき講演の枕などにこれを受け売りしているのだが、ものにも何度か書いたことがある》。

「猿図」の話だ。

この絵をみて即座に「日本猿ですね」と言う人がいた。動物学者があっさり追認した。大陸に日本猿は棲んでいない。宋の毛松には描けまい。絵の権威たちは困った。鳩首協議の結果、毛松の高名を伝え聞き、日本猿を宋の国へはるばる送って描いてもらった絵だと「決め」た。依然、博物館では「重要文化財　猿図　伝毛松筆　十二世紀　南宋時代」の作品として陳列してあるが、その人は、納得したかどうか。

秦氏は、この話を、雑誌『淡交』（昭和五十九年四月号）で読んだという。書かれたのは、徳川義宣《とくがわよしのぶ》氏。今、確認出来ないが、そのエッセイは後に文藝春秋のアンソロジイにも収録されたようである。

『猿の遠景』からの孫引きになるが、徳川氏の文章では《その人》は、友人の《A》となっている。《「……と云ふ説明を貰つたんだけどね。考へられるかね。徳川はどう思ふね」「うーん」といった遣り取りが、あとへ続く》。結びは《「因みにAとは、(当時の)皇太子殿下である」》。

3

ミステリの世界では、このように物語を進め、最後の最後で、核心の人物が、実は高貴の方や歴史上の人物だった——となるのは、一つの型である。短編にも長編にも、著名な実例がある。

それはさておき、御進講の最中に《「日本猿ですね」》といわれてしまった大先生の喉は、さぞかし冷えたことであろう。

確かに、中国の猿の絵といわれて我々が思い浮かべるのは、丸い顔に蜘蛛《くも》のように長い手足を持った、墨絵のそれである。一方、入場券の上に印刷されて、俯《うつむ》いているのは、馴《な》染《じ》み深い日本の猿だ。

元に返るが、薄黄色のちらしには、『猿の遠景』について、こう書かれていた。《果してこの絵はいかにして描かれ、どのような人の手を経て今にあるのだろうか。ここに著者の縦横無尽な考察がくり広げられる》。

当然のことながら、二つの欲求が起こる。まずは《この本が読みたい》であり、さらに《その絵が見たい》である。どちらも可能であったのが嬉しい。

「猿図」とは、それから十日ばかり後、展示替えされてから、無事、対面することが出来た。なるほど、置かれると、その辺りの空気が猿を中心に、ふーっと違って来るような絵である。貧しい筆で、ことさらに描写はしない。いつもは東京国立博物館にあって、地階のミュージアム・ショップではその絵葉書も売っている。割合普通に見られるものだという。

前に立ちながら、読んだばかりの『猿の遠景』のことを考える。描かれているのが日本猿、それなら描いたのも南宋の画家ではなく、実は日本人ではないか——などという仮説をあげては、こうだから駄目と打ち消して行く。具体的にある一つの結論に向かって進んで行くところに、力強い推理の醍醐味《だいごみ》があった。関心をお持ちの方は、お読みいただきたい。

それでは《あまりにそっけない》と、お思いだろう。実はこれで終わりではない。秦氏の本の謎解きに触れるのは、未読のミステリの犯人を明かすようなものだ。これはタブーだが、別の方の御意見なら御紹介出来る。

会場を一通り見た後のことだ。わたしは、前に書いた通り、文殊の絵について、ごく初歩的な疑問を持っていた。受付の女の方に聞いてみた。

「展示について、おうかがいしたいことがあるのですが」

すぐに手元の受話器を取り上げ、どこかに連絡してくださった。そして、にこやかに現れたのが主席学芸員の石田佳也氏である。

まず文殊のことが解決した後に、わたしは続けて尋ねた。

「――『猿図』については、どう、お考えですか」

石田氏は、即座に、こう答えられた。何度も聞かれているのだろう。

「ああ。あの件ですか。――わたしは、別に不思議とは思いませんね」

「は？」

「むしろ、ごく当たり前のことだと思いますよ」

名探偵のはぐらかしに、目を白黒させている登場人物のようだ。ミステリの中に入って

しまったような気分になりながら、

「――どういうことでしょう」

「中国には日本猿はいない。だからこそ描く。こう考えた方が自然でしょう」

「……なるほど」

何となく見えて来た。江戸時代に、日本にも象が来た。その絵が描かれた。珍しいからである。しかし、日本に象はいない。

石田氏は、別の中国の絵を指し、

「ああいう犬も、もともとは、あちらにいません。宮殿というのは、本来、珍獣を集めた動物園があったり、外来の鳥獣がいたりするものなんですよ」

そして、毛松は宮廷画家である。

大黒屋《だいこくや》光太夫《こうだゆう》の証言によれば、エカテリーナ女王のサンクトペテルブルグの宮殿では《芝生を孔雀が気取って歩》いていた（T・スクリーチ『大江戸視覚革命』田中優子《たなかゆうこ》／高山宏《たかやまひろし》訳・作品社　なお、証言の出典は桂川甫周《かつらがわほしゅう》の聞き書き『北槎聞略《ほくさぶんりやく》』で、こちらは岩波文庫に入っている）という。

孔雀《くじやく》はもともとは、インドシナからインド辺りの鳥らしい。光太夫がそれをスケッチして残したとする。これをもって、《彼が行ったのは、実は南方ではないか》などと考えるのは誤りなのだ。

いわれてみると、実に簡単明瞭である。

これがミステリなら、主役となる名探偵の御託宣が、そのまま不動の真実となる場合が多い。しかし、この件に関しては正解などというものはない。

わたしは、石田氏の言葉にも感心したが、『猿の遠景』のダイナミックな推論もまた、一方に輝いている。

会場を、サントリーミステリー美術館といいたくなるような、面白い体験だった。

4

名探偵と出会ったことなら、まだある。

以前、喜国雅彦《きくにまさひこ》さんのことを語る国樹由香《くにきゆか》さんの漫画を御紹介したことがある。ちなみに、ややこしいが、クニキさんはキクニさんの奥様である。

ある日、喜国さんがいった。

「あのさ　オレ　子供の頃から　考え続けてた　問いがあって　やっと　その答えを　み

つけたんだよっ」

「へ——なーに？」

以下を、わたしは、このように書いた。

喜国さんはいう。日本の文字には、《濁音、半濁音、ん、小さい字、音引き、普通の字》がある。これらすべてが過不足なく組み合わされた言葉はないか。そういう疑問を少年の日に抱いた——と。そして、苦闘の日々を語る。
《「ろっぽんぎー」とかのびてればバッチリだったのに「ピッチング」もくやしかった——》
わたしは、これを読んで大喜びしてしまった。その難問を、鳥が卵を抱くように抱き続けるところが実にいいではないか。科学者が新理論を打ち立てるのに、日夜、頭をひねるようなものである。

そして、喜国さんが苦難の末にたどりついた結論が――《ポンジュース》。なるほど、と拍手しつつ、考えた。

《小さい字》といえば、代表選手は《っ》だろう。『広辞苑』で《促音》を引くと、《つまる音、「もっぱら」「さっき」のように「っ」で表す》としてある。拗音《ようおん》を作る《ゃゅょ》などとは、分けてある。

外来語もあるので、《ティンカー・ベル》の《ィ》などはどうなる、という疑問もあるが、取り敢えず、この《っ》と《その他の小さい字》を別に考えたら、余計、悩ましいのではないか。

そんなことを、たまたま朝日新聞社の方に話した。

「モーパッサンが、ギョーパッサンだったら、《濁音、半濁音、長音符号、促音、撥音《はつおん》、普通の字、小さい字》の全部が揃うんですけれどね」

などといったら、あちらは、そういう七文字の単語を、

技術を駆使してたちまち見つけてしまった。そしていわく、

「音引きがありますから必然的に外来語になります。ちょっとなじみのない言葉ですが、あることはありました。何かは、そのことをエッセーにしてくれたら、教えてあげます」

というわけで、以上のようなことを、朝日新聞の夕刊に書かせていただいた。忘れもしない、夏の水曜日のことだった。夕方、来た新聞を開く。見出しに《7文字言葉を探せ》とあり、文末に《答えは、明日のこの文化面に》と書かれている。何となく、ニヤニヤしてしまう。

そして、時計の針はゆるゆると動き、濃密な夏の闇が降りて来る。日付も替わった十二時七分、突然、電話が鳴り出した。

十一時過ぎに電話がかかって来ることは、まずない。びっくりして、受話器を取ると、《ピー、ピー、ピー、ファクシミリに切り替えます》。そして熱帯夜の闇の中で、電話機の本体が、ガタリと音を立てた。

ガガガ、とロールは回転し、その口からは、ゆっくりと、ゆっくりと、白い紙が吐き出されて来る。

第9章

男の中の男

1

今頃、何だろう——と思いつつ、送られて来たファックスを読むと、まず、《北村薫様。(採点、お願いします)》。あの《謎》についての解答だった。

以下のようなものである。

☆昨日の朝日夕刊のエッセイを拝読して、ハマりました。これも業のようなものでしょうか。2時間近く、アレコレ考えまくりました。方法論としては、ミステリーの骨法と同じく、〝困難は分割せよ〟でトライしてみました。

その結果は――

A一応出来たが、2単語と見られそうなもの。(無理がある?)

①絶版ショー(絶版本の品評会です)

②別嬪ショー(別嬪さんの 〃)イヤラシイ?

③絶品ショー(骨董 〃)

Bあと一字だけうまくいけば完成というもの。

①ショッピング(音引きがなー)

②キッシンジャー(キップリングより近い?)

③ジェットプ(レ)ーン(レが余計)

④ポゼッション(アジャーニ主演)

Cそして、結果として、これに辿り着きました。

パッセンジャー(外来語の範疇じゃありませんか? オマケして下さいヨオ)

差出人は、観音崎《かんのんざき》の巨匠、山口雅也《やまぐちまさや》氏であった。手書きである。活字では、うまく表せないが、最後の《パッセンジャー》の周囲には、太陽の絵の八方に引かれるような、輝きの線が入れてあった。

折り返し、すぐに電話を入れた。すると、

「北村さーん。僕、今、忙しいんですよー」

「はあ」

「締め切りがあってさあー」

なるほど、《業のようなもの》である。申し訳ないことをしてしまった。《百点です》といって労に報いた。用意された正解はまさに、《パッセンジャー》だったのである。

それにしても、考える人は考えるものだなあ、と感心していたら、数日後、新聞の担当の方から、封筒が届いた。開けてみると、あの夜、学芸部宛てに寄せられた、何通かのファックスのコピーだった。

《自分も見つけてみようと思ったら、眠れなくなってしまいました》というのが、横浜市の角田信樹さん。《一語でないのが、ほとんどですが》と断りつつ、

パッセンジャー（passenger）

ジッポーファン（zippo fan）
サンジュッパー（30％）
ジュッパターン（10パターン）
グッピーチャン（guppyちゃん）
ボンシャッポー（bon chapeau）

凄いなあ、と思ってしまう。角田さんは、回文（上から読んでも下から読んでも同じ）やアナグラム（文字の綴《つづ》り替え）などを作るのがお好きだという。そういう言葉遊びの鍛練があるからこそ、こうもすらすらと答えが出て来るのだろう。

これが当日の午後十一時三十五分のファックス。わたしと山口さんの、深夜のやり取りがあってから、さらに時計の針が進んだ丑三つ時、一時五十六分にも届いている。

《最初は「プッシュ……」「ダッシュ……」》から《「ジャンプ……」に派生し、「ギャップ」を感じつつも「ジャップ？　フーン」とか訳の分からない文章を構築してました》とおっしゃるのが東京都の末光宏さん。一時間ほど考えたところで、

「ン」の使い方がヒントになるなと、あとは単語の持つリズム、恐らくシンコペーション調だろうと当たりを付け、暫く頭を休めることにし、今日一日の自分の行動を振り返りました。……たまたま、実家の姉が上京し、羽田まで迎えに行ったのを思い出しました。

羽田空港……ん？　そういえば表示にPASSENGERS ONLY……おお！　これかぁーっ⁉「パッセンジャー」だーっ！

と啓示が来た訳です。

一つのゴールを目指して、あの夜、様々なドラマが生まれていたわけである。

それにしても、名探偵は、各地にいるものだ。

2

ところで、わたしは、その時まで、男と女の違いというのは、仮にあるとしても、殆《ほとん》ど後天的なものだと思っていた。

涙は女の武器、などという。かなり強い女の人でも、《うう》と泣いたりすることがある。これは、《女だから》というより、《そういうものだ》という通念があり、知らず知らず、《らしく》なってしまうのではないか。周囲が個人の行動を規定する。子供だって、人が見ていると泣くが一人では泣かない、ということがある。

勿論《もちろん》、体力の差というのは事実としてある。しかし、内面的なものは、男女差より、むしろ個人差の方が大きいだろう。そう思って来たのだが、この出来事を通して、《待てよ》と、考えてしまった。

まず、発端となった喜国さんの六文字言葉探求について、奥様の国樹さんは、《こんなダンナを見るたび 世の中には色んな人がいるんだなあ……と しみじみ思う 私なのでした》と反応している。

喜国雅彦さんは男である。この探求を面白いと思ったわたしも、そして、山口雅也さんもそうだ。さらに、朝日新聞社で《よしっ、俺が見つける》といって、《パッセンジャー》を探し出した人も、学芸部にファックスを寄せられた方々も、全員、男性なのである。

こういった、ある意味では馬鹿馬鹿しい（お分かりと思うが、けなしているわけではない）ことに情熱を燃やすのは、男という性の方に多い現象なのかも知れない。そういえば、マッチのラベルをコレクションしたりするような方も多くは男性ではなかろうか。

勿論、女性も、衣服を集めたり宝石を集めたりはするだろう。しかし、そこには実利がある。役立つもの、世間的な意味で価値あるものを収集するのは、納得出来る。だが、無償の、極論するなら、無駄な情熱を燃やすのが男であり、女性はこれを呆《あき》れて見ているものなのかも知れない。

後日、山口さんに会った時、以上のようなことを話したら、

「ああ、そういえばね、僕の友達が奥さんと一緒にテレビを見てたんですって」

「はい」

「ものは『シャーロック・ホームズ』。その中で、ホームズが、自転車の痕跡を見るところがある。そこで、《これは、あの自転車じゃない》と断定する。どうして分かるかというと、《僕は自転車のタイヤの跡なら、四十二通り知っている》。――画面のホームズがそ

ういった途端、脇にいた奥さんが、《男ねー》」

これは面白かった。

勿論、理屈をいえば、タイヤの種類を覚えるのは探偵として役立つ、実利的なことでもあるかも知れない。しかし、イメージとして、《タイヤの跡を四十二種類知っている》というのは、いかにも無駄、かつ馬鹿馬鹿しい。少なくとも、日常生活の役には立ちそうもない。

3

ミステリの話で『ホームズ』なのだから、一応、出典ぐらいは確認しておかなければいけないと思った。『シャーロック・ホームズの生還』に「あやしい自転車乗り」という話がある。読んでみたが、それらしいところはない。

テレビでやった『ホームズ』のシリーズといえば、よく見かける《あれ》だろうと思った。そちらも確認しておこうと、隣町の図書館に行った。日本クラウン発売の『シャーロック・ホームズ全集』、主演がジェレミー・ブレット。ご存じの方が多いだろう。『海軍条約事件／あやしい自転車乗り』という巻を予約して帰り、山口さんに、経過報告をした。

　すると、山口さんは『ホームズ事典』を引いてくださった。

「《自転車》だと、《ダンロップ》なんていう項目がありますよ。出て来るのは『プライオリ・スクール』ですね」

　わたしは、そこで胸を張り、

「固有名詞が分かったんなら、後はまかせといて下さい」

　先だって、雑誌『本とコンピュータ』からCD‐ROM版『新潮文庫　シャーロック・ホームズ全集』（新潮社）の書評を依頼された。その時いただいた見本が、ちょうど手元にあった。わたしにではなく、パソコンにまかせるのだ。『シャーロック・ホームズ全集』を入れ、索引をクリックし、《た行》を見て行くと、最後に《ダンロップ社》。そこをクリックすると、ホームズ物語の一ページが出る。

　これは本当の話なのだが、その第一行が、何と《「万歳！　あったぞ！」》。びっくりしてしまう。数行後に《「タイヤの跡なら四十二種類だけ熟知しているが、これはご覧のとおりダンロップ製だ」（延原謙《のぶはらけん》訳）》。

　これだこれだ、と喜んだ。ところで、「プライオリ・スクール」は、「あやしい自転車乗り」の次に、ひと月遅れで発表された作品だった。この頃、ドイルが自転車に興味を持つような何かがあったのかも知れない。シャーロッキアンの方なら分かるのだろう。

翌日、朝刊を開くと、これも本当の話なのだが、ビデオ版『シャーロック・ホームズ全集』の大きな広告が出ていた。《偶然だなあ》と思いつつ、図書館に出掛け、予約を「プライオリ・スクール」の方に替えた。

そして忘れもしない、五月十五日、電話を受けたわたしは、別に趣向を凝らしたわけではないが自転車に乗って『プライオリ・スクール／第二の血痕』を借りて来た。

ケースの裏の「プライオリ・スクール」の説明を見ると《本ドラマでは、物語の順序を若干変え、事件の伏線を巧みに敷くことに腐心しています。そして原作では逃してしまう主犯格の犯人の扱いがこのドラマでは違っていることにお気付きでしょう》。

《マニアじゃないか！　誰だ、こんなこと書くのは》と、すぐ上を見たら《解説　戸川安宣》。いわずと知れた東京創元社の戸川さんである。この世界も狭いものだ。

早速、ビデオで問題の箇所を見ると、字幕はこうなっていた。――《私はタイヤの型に詳しいが――》。耳をすまして聴くと、ジェレミー・ブレットは確かに《フォーティ・トゥ》といっている。テレビ放映は見ていないが、その時には違っていたのだろう。

どうなっていたのかな、と考えつつ、何げなく夕刊のテレビ欄を見たら、――またまた、これも本当の話なのだが、その日の深夜番組で、『シャーロック・ホームズの冒険』をやっている。さすがに、「プライオリ・スクール」でこそなかったが、嘘のような偶然だ。《声　露口茂《つゆぐちしげる》ほか》と書いてある。字幕のことしか頭になかったので、なるほどと納得出来た。

吹き替えなら《四十二種類知っている》というだろう。与える印象は、まったく違う。もしも、ビデオ版で見ていたら、奥さんの《「男ねー」》という名台詞も生まれなかったわけだ。

本筋からは外れるが、いささか考えさせられた。吹き替えに対しては、《原典の大きな要素である声が違う》と思いがちだ。字幕版の方を見たい、そちらなら元のままだと考えやすい。しかし、こういう問題もある。

外国のものを味わうというのは、まことに難しいものだ。

4

たまたま会った女性編集者に、ここまでのことを話して意見を聞いたら、

「男性的要素、女性的要素というのはあると思います。個人の中に、それぞれの要素が入

っている。——男性的というのは《繊細であり、傷つきやすいこと》、女性的というのは《したたかで、柔軟ということ》ではないでしょうか」

彼女は、さらに付け加えて、

「論理に美学を見いだすのも、男性的だと思いますね」

《ふうむ》と思う。《したたかで柔軟》な方が、生き延びるのに適していそうだ。

今流行のいい方をするなら、女性は種族保存に直接かかわる性である。子供を宿し、またそれを育てている間は、実利的なことが一番大事になるのではないか。一方、男の方は用がすんでしまえば、それまで。消えてしまったところで、種族にとって致命的ではない。はるか原始、連れ合いがのんきに綺麗《きれい》な石などを集め、また、それをいろいろに並べたりしているのを横目に見ながら、赤ちゃんを抱えた雌猿は思う。

《あんなもの、何もなりゃあしない。どうせなら、胡桃《くるみ》でも集めればいいのに》。そして、猿語でいう。

《雄ねー》

《まあ、こんなところがまとめになるかな》と思った。

最後に、喜国さんに顚末《てんまつ》を話し、何げなく、

「で、その後も、ああいうことは続いていますか？」

すると、喜国さん、曰《いわ》く。

「ええ。今、探しているのは《五文字の言葉》です」

「は？」

「《アカサタナ……》なんかをア段の文字、《イキシチニ……》をイ段の文字とするでしょう。例えば《砂時計＝スナドケイ》は段になおすと、《ウアオエイ》になります。五文字の順列組み合わせは《アイウエオ》から《オエウイア》まで百二十通りあります。これに当たる単語を全部考えようという——」

うーん、男だねー。

第10章 おたまりこぼしがない

1

《謎》というものに、どうしようもなく心が向かってしまう男達がいる。それは、制御し得ない感情の動きだ。人間に備わった本能のひとつといっていい。ただし、それが万人に共通のものとはいえない。

考えてみれば当然のことなので、人間の基本的な欲求の中で、例えば――書きやすいから、これをあげるが――食欲にしたところで、現れ方は千差万別だ。とにかく沢山食べればいい人もいるだろうし、美食でなければ満足しない人もいる。嗜好《しこう》は様々である。中には、食欲がなくて困るという人もいるだろう。

ましてや、《謎》に向かう欲求は、なければ、個体の生命が維持出来ないというものでもなければ、もうひとつの欲求のように、種族が絶えるという類《たぐ》いのものでもない。千人の内、千人が持たねばならない、というわけではない。

だが、それだけに、いかにも人間らしい嗜好だとはいえるだろう。それを持つ者は、いつの世にも、いなくなることはない。人間が人間である限り、謎を扱った物語が、地上から消えるということもない。

さて、八というのは、末広がりで縁起のいい数だといわれる。まさに、この原稿を書こうとしている時、積み上げた本の山の間に、平成八年八月八日の夕刊があるのを見つけた。何も、数字合わせを喜んで、取って置いたわけではない。気になる文章があったのだ。

「私のテレビ評・新人女流脚本家は街に出でよ！」というものだ。

主旨は、《新人脚本家は主婦やフリーターが多いと聞いている。ものを書く時間はたっぷりあるかわり、社会経験の不足はやむを得ない。ドラマの大企業幹部がそのへんのオジサンのように見えたりする。それを補うためには、ドラマの舞台になる世界を、きちんと観察、取材する必要がある》というもの。

テレビドラマの場合、その必要性は、《小説以上で、活字と映像の差ともいえるだろう》という指摘は、まったく正しいと思う。小説なら取材をしなくてもいい、というわけではない。文字を使った方が個性の、より多様な表現方法があり得る。そういうことだ。

さて、前半で、引き合いに出され、ライターに女性が多い、そして、マンネリ化した殺人ものが多い、と慨嘆されるのが《二時間ドラマ》だ（もっとも、これは女性ライターの責任とはいえなかろう）。続いて、殺人ものの場合、仕掛けのために人間を描くことがおろそかになっており、《リアリティー》がない、となる。おそらく、多くの《二時間ドラマ》の視聴者は、そういうことは全て承知の上で楽しんでいるのだろう。

そして次に、わたしが、あっといってしまった文章が続く。

> トリックの新工夫だけに頼った、いわゆる本格推理小説の命は短く、松本清張を頂点とする社会派が今も読み継がれているのは、人間の悲しみや業が的確に描かれているためだろう。

流れからいって、《トリックの新工夫だけに頼った二時間ドラマの命は短く》となる筈《はず》のところである。それがなぜか、まったく別のものである《本格推理小説》の話にすり替わっている。

個々の作品を考えずに、ひとくくりに《二時間ドラマ》というのは乱暴な話だが、そういう《イメージ》があることは事実だ。本格ものに対して《二時間ドラマのようだ》といったら、あからさまな否定の言葉になるだろう。イメージの質からいうなら、それは《本格推理小説》とは、対極にあるものだ。ところが、この筆者は、塩と砂糖を同じものと思い込んでいるらしい。料理の味がおかしくなるのは、当たり前だ。

さらに、あきれたことに、前三分の二は《事実》として述べられ、後三分の一で、その理由を推測している。意見ならば構わない。しかし、明白な誤りを《事実》のようにねじ曲げて、ジャンルを侮蔑《ぶべつ》するのは、いいこととは思えない。

この筆者は、日本ミステリ界のことを頭に置いて書いているが、『獄門島』などのベストテン上位常連作品を列記するまでもない。《今も読み継がれている》ミステリなら、圧倒的に、いわゆる本格ものの方が多い。これが《事実》というものである。

《本格推理小説の命は短》いどころではない。

2

さらに大事なのは、本格推理小説が《トリックの新工夫だけに頼った》もの、ではないということだ。

そういうものだとしたら、本格には小説としての命など(短いのではなく)、最初からないことになる。

本格にとって、最も大事なのは、トリック紹介の数行があればいいわけだ。

トリックでもなければ論理でもない。その素材を扱う人間の心の震えである。それが、物語と結び付いた時、《本格推理小説》が生まれる。

山口雅也氏は、どうしようもなく謎に向かう心の動きを《業》といった。山口氏には、『ミステリーズ』で『このミステリーがすごい! 95年版』ベストテンの一位となった時に詠んだ狂歌一首、《世紀末ミステリ荒野往くわれのミステリ魂いや増しに燃ゆ》がある。この《魂》もまた《業》に重なるものであろう。

トリックや論理を通して浮かび上がるのは、それなのだ。本格推理小説には、まさしく人間の《業》が描かれている。そこに万代不易の要素がある。

そういう意味で、より多くの人に、広く見られることを目的とするテレビドラマとは、まったく違う。残念ながら少数派のためのものであり、しかし、それを愛する人間は、細き清き流れの水のように、絶えることはない。だからこそ、本格推理は時を越え、人の世のある限り、読まれ続ける。

クイーンに関して、インタビューを受ける機会があった。そこで、わたしは、「クイーンは、型の作家としてスタートした」といった。「――そのことが、次第に彼を縛り、変貌をうながすようになる」と。

すると、インタビュアーは、こう、おっしゃった。「クイーンが、型を使い尽くしてしまったとしたら、後から続くものは大変なんじゃないんですか」

わたしは、思わず、机を叩いて叫んでいた。

「そんなことは、問題ではないのです。クイーンが我々に伝えたのは、型などではない。《精神》なのです！」

ところで、この《業》や《精神》ほど、具体的に説明しにくく、またテレビ化しにくいものもないだろうし、それが、視聴率を稼ぐとは、到底、思えない。全ての小説がそうだが、本格推理もまた、テレビドラマ化されてしまえば、まったく別の何かになるだろう。

それがいけないわけではない。

仮に、朗読したところで、声と読み方というものが間に入れば、もはや原作とは違う。違わなければ、表現者の立つ瀬がない。そういうことだ。

3

だが、テレビを見ていて、「これは本格だな」と思ったことならある。

確か、この夕刊を読んだのと同じ頃、NHKでやっていた『落語・ザ・ニューウェイブ』という番組を見た。

春風亭《しゅんぷうてい》昇太《しょうた》が、立川志《たてかわし》らくとトークショー形式で話していた。昇太は、小学生の頃の思い出を語る。

子供には楽しいお正月。だが、親からすれば、来客の多い時に、わいわい騒がれるのは、迷惑以外の何物でもない。自然、《外で遊べ！》ということになる。

昇太少年は、頰《ほ》っぺたをぷっとふくらませて河原に出た。――《そこで、ほら、ふてくされた子供って、いつも、川に石投げるじゃない》となる。《いつも》という決めつけがいい。

横手投げをすると、石が、ちゃぽん、あるいは、ちゃぽんちゃぽんちゃぽん、と水を切る。面白くなって来る。

興奮するたちだから。この、やってるうちにどんどん石がでっかくなるんだよ。「おりゃー、ばっしゃーん」こりゃあ面白いや。「おぅらー」、とか。そしたら、でっかい石なくなったんだよ。そしたら、ふいっと前見たら、川ん中に（前方を指さす）こんなでっかいの（両手で、一抱えほどの大きさを示す）あったんだよ。「これだ」と思って、「これ、やったら、凄ぇーぞ」と思って、「ぐーっ、わー」（と差し上げる）って、やったらさ、苔が生えてるから、ふっと投げたら、手は前に行くんだけど、これ、残っちゃってさ。ごーん。（……）それで気がついたら夕方だったの。
俺、四時間ぐらい河原に倒れていた。

これで、（申し上げにくいが）そのままになり、周りに雪が積もっていたらどうだろう。

典型的な《足跡のない殺人》のパターンではないか。

誰も近づいた形跡のない雪の河原。そこに石で頭を打たれ、倒れている被害者。不可能状況である。

トリック中心に考えたら、こんなもの使えない、と片付けられそうだ。だが、本格推理とは、物語なのである。

わたしは、この話を聞いて、即座に岩野《いわの》泡鳴《ほうめい》の短編『ぼんち』を思い出した。

泡鳴は、事典的にいうなら、一元描写論で有名な、明治の作家である。そういえば、パソコン版の『世界大百科事典』（日立デジタル平凡社）を買ったばかりだ。早速、《いわのほうめい》を引いてみよう。《詩人、小説家、評論家》と始まり、《強烈な自我主張は、〈偉大なる馬鹿〉と言われ》などと書いてある。この言葉は覚えていた。一度聞くと、ちょっと忘れられない。ここには書かれていないが、いったのは大杉栄《おおすぎさかえ》である。

泡鳴を読んだのは、学生時代だ。彼らしいのは『泡鳴五部作』だろう。作者の生活そのものが綴《つづ》られる私小説だ。しかし、今となってみると、『ぼんち』を読んだ時の、奇妙な興奮が、最も強く、記憶の底から浮かび上がって来る。

取り巻きにたかられている、金持ちのぼんちの話である。歌舞伎には《つっころばし》という役柄がある。突いたら転びそうな、やさ男、苛酷《かこく》な現実の前には何の力も持たない、観ていていらするような若旦那である。このぼんちも、そんなタイプだ。玉突きに負けて、芸者遊びをおごらされることになったぼんちは、宝塚《たからづか》の歓楽街に出掛ける。途中で彼は、電車の窓から出した頭を、柱にしたたかにぶつけ、乗客に嘲《あざけ》りの目で見られる。せっかくの遊びの機会を逃したくない取り巻き連中は、病院に行きたがるぼんち（定《さだ》さん）に構わず、芸者屋にくりこむ。

『ぼんちはどこぞ悪いのんだツか』と云ひながら、京八は定さんの方に足を運んだ。
『うん』と、松さんが答へて、『どたまを電車の柱にぶつけたのんや。』
『ほんまに？』と松さんの方にふり返つて、『どたまりこぶしもない――』
『洒落なはんな』

《おたまりこぼしがない》とは、《たまらない》という意味の慣用句である。冗談ではない。まさに、たまらない。三味や歌の馬鹿騒ぎを聞きながら、横になったぼんちは、死に向かって行く。

泣き叫んで、ようやく呼んでもらった医者は《『もう、手後れやさかい』》。そして、水を飲ませるばかりである。手の施しようがない。

『よう、まア、その間辛抱でけた、なア』と医者がてれ隠しに感心して見せたのが幽かに聴えた。すると、お菊の声もした、『きついぼんちや、なア。』『わたいかて、男や』と、定さんは訴へかけても口には出なかつた。

何という下らない人生、何という無駄。しかし、わたしには、これが傑作だと思えた。同時に、小説とは不思議なものだと思った。《いかに生きるべきか》が語られなくとも、そしてまた、鏡花《きようか》や谷崎《たにざき》のような方向に行かなくとも、こうした馬鹿馬鹿しい死を描いても、不思議な、動かしがたい世界が構築出来る。正宗白鳥《まさむねはくちよう》が泡鳴の作品を評した中に、《人の世の悲惨なる滑稽《こつけい》》という言葉があるが、ここにあるのも、まさにそれではないか。そして、万人の人生の中にも、その滑稽は濃淡の差こそあれ、影を落としているものだろう。

同じく、頭を打つこと、また事柄の客観的な馬鹿馬鹿しさは、昇太の語ったエピソードと共通する。わたしは、これを小説的だと思った。

落語家が舞台の上で語ったのだ。元になる、それらしい事件はあったのかも知れない。しかし、その口から出た時、これは思い出話ではなく、春風亭昇太の《作品》となる。正月というおめでたい背景も効果的だ。彼は、それを表から述べた。

この《事件》の摩訶不思議な状況に、心の震える本格推理作家がいたら、そして、彼に《悲惨なる滑稽》を物語として描く技量があればどうか。……そこに、典型的な《本格推理小説》が生まれるのだと思う。

第11章

日本、チャチャチャ

1

ジャンル分けというのも難しいもので、どうやったところで、そこからはみ出すものが出て来る。愛鳥週間の時、某所で鳥に関係する本をまとめて展示してあった。見て行ったら、『探鳥入門』や『おしどり』などと共に東野圭吾《ひがしのけいご》さんの『鳥人計画』が並んでいた。ちょっと違うのではないか……と思う。

また、レッテル自体が分かりにくいということもある。日本における《自然主義》という言葉にも、そういうところがある。

江戸川乱歩の『陰獣』も、読んだのが高校生の頃だったから、本当の面白さが分からなかった。大学生になり、《私小説》というものが当時の文壇に占めていた位置を知った。そこで初めて、《ああ、だからこそ虚実皮膜の面白さが生きるのか》と腑《ふ》に落ちた。

私小説といえば、恋愛小説を書こうとして《では、まず恋をしなければならぬ》と考える。年齢から考えて、適当な相手は誰それしかいない。やむを得ず、その女を相手と決める。そして、恋文を書き出す——こんな話を学生時代に読んだことがある。

自然主義というアパートの、ドアを一つ一つ叩いて行けば、いずれ、どこかで顔を出すような作品だ。伊藤整《いとうせい》の小説論の材料、といった趣がある。

さて、記憶の中にあるその小説の作者だが、相手の女に対する、身も蓋《ふた》もない書き振りから、ずっと岩野泡鳴だと思っていた。泡鳴の本を取り出したついでに、ぱらぱらと見てみたが、分からなかった。記憶違いかも知れない。そちらには行き当たらなかったけれど、《ああ、これこれ》と、懐かしく思ったところならある。『憑き物』の一節である。

北海道に行った主人公が、熊に襲われた男の話を、散髪屋で聞く。

熊は人の声を聞くと逃げる。《慣れた郵便脚夫などは、遠くおやぢの影を見ると、その場で石の上などへ腰をおろし、『えへん、えへん』など云ひながら、ゆツくり煙草を飲んでゐる。すると、向ふから近よらない》。ただ、不意に出くわした時がいけない。後ろ足で立ち、殴り掛かって来る。

何かの時聞いたが、大鰐《おおわに》の尻尾《しっぽ》の一振りは車をつぶすし、巨大な熊の腕の一撃は人の首をも飛ばすという。恐ろしいものである。では、熊に襲われた時には、どうしたらいいか。

実際には冗談事ではない。しかし、ここから先は、現実から遊離した、言葉の遊びである。泡鳴を読む少し前、《熊の内手《うちで》》ということを何かで知った。そこで、喫茶店での話題にしたのだ。

山口雅也氏は《困難は分割せよ》というフレーズをよく口にする。意味合いは違うのかも知れないが、大勢いれば、とにかく割って逃げるという方法がある。半分ずつになって右と左に走れば、熊は一方のグループを追うしかない。これを繰り返していけば、かなりの数が助かる。だが、裏を返せば最後の一人はやられてしまうわけだ。

「――ところがね、北海道のいい伝えによれば《熊は内手が利かない》らしい。つまり、自分の懐に手が届かない。だから、向こうが立ち上がって手を広げた瞬間に、胸に飛び込んで、しがみつくんだ」

「なるほど」

「うおう、うおう、とやっても、手が届かない。上で吠《ほ》えてる熊に向かって《へへへ》」

「あはは」

「しかし、この方法には、一つだけ難点がある。――それからどうしたらいいんだろう」

2

「必死の思いでしがみついている。熊が走っても離れない。小判鮫《こばんざめ》状態だね。食べ物は、熊の上前をはねる。鮭《しゃけ》かなんかを取って口に運ぶのを、ひょいっ、ひょいっ、と下から手を出して掠《かす》め取るしかない」

「そうやって一緒に暮らしていれば、向こうも愛着を感ずるようになるかも知れない」

「しかし、笹原《ささはら》なんかを疾駆されると、つらいものがあるだろうね。岩に腹をこすりつけて落とそうとするかも知れない。――第一、《内手が利かない》というのにも、個人差ならぬ、熊の差があるかも知れない」

「うん」

「体の柔らかい奴に当たって、話が違うといっても駄目だろう」

「まあね」

「熊の方だって、人間が《あいつらは、内手が利かないんだ》といってるのを耳にしたら、《何をっ》と思う。発奮して、洞穴の前辺りで訓練を始めたりして」

「訓練？」

「腕立て伏せとか」

話し相手と共に、しばし、その情景を思い浮かべる。なかなかに味のある場面だ。

それにしても、疑問である。実際、熊の懐に入った人などいるのだろうか。いたとしたら、それから、どうなったのだろう。――と、こんなことを話していた頃に、『泡鳴五部作』を読んだ。『発展』『毒薬を飲む女』『放浪』『断橋』、そして『憑き物』まで来た。そこで、前記の部分が現れ、次いで、男が熊と出会う場面になる。

> おまけに、子づれ熊と来てゐた。子は逃げたが、親は立ちあがつた。熊は内手が利かないから、胸ぐらに飛び込み、そこに顔を当ててゐたら、決して傷を受けないと、兼《かね》て或アイノから聴かされてゐたのを思ひ出し、渠《かれ》は夢中でその胸ぐらにつかみ附いた。

今も覚えている。《内手が出て来たっ》とびっくりし、続く部分でさらに驚いた。この五部作は、自然主義の中でも特に日本的な私小説、つまり、事実そのままである。本当にやった人がいたのだ。

謎が解けるというのは、気持ちのいいものだ。まず、素朴な疑問の一つ、《内手が利かない、といわれても、飛び込んだ後、どうしようもない筈《はず》だ。それでは、まったく無意味な伝承ではないか》。この答えが出た。こういう一節があったのだ。《直ぐマキリを以って熊の胸に飛び込み、喉《のど》にある月の輪を刺すのだが、渠はそんな用意も手練もなかった》。つまり、《内手が利かないから懐に入れ》というのは、《そして喉を突いて倒せ》とワンセットなのだ。これなら意味がある。理解出来る。

さらに、《本当に熊の内手は利かないのか、やったらどうなるのか》という点に関してだが――。

気がついた時は、もう熊はゐなかつたが、自分は顔中血みどろになつてゐるのが分つた。

やられてしまうようだ。

3

ただし、たまたま、この熊の体が柔らかかったのか、あるいは倒れたところで、頭が熊の胸から離れたのか、そこまでは分からない。被害者の方は手当をして元気になり、この話をしている。そこのところは、安心してほしい。

作品中での、このエピソードの持つ意味は、夢中になった時の《一心》である。それ次第では、人間、熊の胸にも、虎の穴にも入れる。主人公は、そこに感銘を受ける。

わたしの方は、ただただ、熊の話だけを覚えていた。授業で、肝心の勉強のことより、先生が合間にしゃべったおまけのところを覚えているようなものだ。しかし、勿論《もちろん》こういうところにも、小説を読む楽しみがある。

さて、前章では、泡鳴の『ぼんち』とからめて、《これって、本格だなあ》と思ったものについて書いた。この《本格だなあ》というのは、至って感覚的なものだ。嘆声のようなものである。そう考えた時、似たような言い回しがあったな、と思った。江戸語の《なるほど、こいつは日本《にっぽん》だ！》である。

父の蔵書の中で、小学生にでも楽しかったのが、『日本名著全集』の『黄表紙廿《にじゅう》五種』。チンプンカンプンなところがあっても基本的には絵本、江戸の漫画である。面白さは分かる。実際の黄表紙通りの活字組が多かったのも有り難かった。岩波の『日本古典文學大系』のような形にされてしまうと、《これが同じものか》と思うほどにつまらなくなる。

その黄表紙の中で、当時の流行語である、《日本だ》に出会った。大人になってから、高野《たかの》文子《ふみこ》さんの『絶対安全剃刀《かみそり》』（白泉社）を読んだ。中に『早道節用守《はやみちせつようのまもり》』（山東京伝《さんとうきょうでん》　原作）という作品がある。

吉原から中国に連れて来られた花魁《おいらん》が、いう。《お前さんのお名は秦の　始皇さんと言ひんすかえ　嘘をおつきなんし　眞のこつちゃァ　おざんすめえ》。それを聴いた始皇帝が歓喜し、叫ぶ。《なるほど　こいつァ　日本だ》。ここで、嬉しくなった。

説明するまでもないが、《日本だ！》とは《エキサイティング！》とか《ダイナマイト！》などという言葉の仲間である。《中国の人間じゃあない》と、《こいつはいいや》が引っかけられていて、実におかしい。

わたしは『早道節用守』を読んでいない。高野さんの作品は、原作の忠実な漫画化なのだと思っていた。犬の出し方など、いかにも、黄表紙らしい。ところが某氏に会って、うかがったところ、その辺も含めて、高野さんがかなり自由に作っているという。凄い、としか、いいようがない。この部分が、京伝の書いた通りなのかどうか分からないが、いずれにしても《こいつは日本だ》の感じはお分かりいただけたと思う。

わたしが、《本格だ》という時の気持ちが、これと似ているのだ。先程の《熊の話》は、謎が解けても、そうだとは思わない。ところが、以下のような場合には、すんなり《こいつは日本だ》と思ってしまう。

4

わたしが、かつて手に取った中でも、物理的に最も重い本にある話だ。題材となっているものも同じ意味で重い。『日本水石名品大観』（松浦《まつうら》有成《ありしげ》・吉村《よしむら》金一《きんいち》編　講談社）。それ自体、石抱きの拷問に使う石のようなずっしりとした本だ。

名石といわれるものの写真が載っている。解説を頼りにページをめくって行くと、何とも面白い。趣味のない者には、ただの石。それを、見巧者の目が名品にし、床の間に飾らせる。価値というものは、人の心が作るものだ。これを、《野に咲く花の美とは別種のもので、嫌らしい》と思う人もいるかも知れない。だが、ベクトルの向きが違うだけで、どちらを愛《め》でるのも人間らしいと思う。

三大何々というのは、よくある話だが、この世界にも「日本三秘石」というのがあるそうだ。その随一が西本願寺の「末の松山」。織田信長《おだのぶなが》が、本願寺と対立した時、和睦の際に城と交換にした——というのだから、ものものしい。

また、「夢の浮橋」などというのには、《後醍醐《ごだいご》天皇遺愛石》と書かれている。《うーむ、してみると、これは隠岐《おき》や吉野まで付いて行ったのかしらん》などと考えてしまう。後醍醐帝から《足利《あしかが》将軍家に、さらに秀吉《ひでよし》、家康《いえやす》を経て尾州徳川家初代義直《よしなお》に渡る》というのだから、大河ドラマもいいところである。石という漢字は《口》を内に含んでいる。NHK教育テレビ辺りに出演して、思い出話をしてもらいたいようだ。

近代になると、次々とファンが現れ、名石がその間を行き来した。昭和十六年には、瀬田川石、銘「洞庭」というのが三千円で落札されている。当時の三千円だから、当然、家が建つほどの金額である。

さらに読み進んで行くと、「石のつや」というコラムがあった。石は濡れると綺麗《きれい》に見える。これは、実感することだ。小石を金魚鉢に入れたりすると、思いがけなく新鮮な色を見せたりする。
水石の場合、飾る際に、その名の通り水をかけることがある。しかし、《石は水乾きの早いもので、たえずかけていなければ、忽ちに素肌の色を見せ興醒め》する。
そして、

大正の頃三田系の財閥の人々が「小天地会」という盆栽の会をつくり毎月芝の紅葉館（高級料亭）で観賞会を行っていたが、ある時の出品の石が、いつまでたってもしっとりと、汗をかいた様に潤っているので、皆不審に思い、女中が気をきかせて、水をかけるのかと確かめて見たが、そんな気のきいたことをしたものもいないし、一向にわけがわからない。

これは魅力的な謎である。
石に憑かれた人達の中で、濡れ濡れと乾かずにいる水石。そこに妙味がある。

出品者はただニヤニヤと微笑しているだけでしたが、会も終ろうとする頃、出品者がおもむろにたねをあかしたのは「二日ばかり前から零下三〇度の冷蔵倉庫に依頼して石の心まで冷やして置いたのだ。それで石が汗をかいたまでのこと」それには皆感嘆の声を放ったということです。

日照りの地面の上で、いつ行っても濡れている石――などとなったら、これは奇譚である。それはそれで面白い。一方、《石をいつまでも乾かさない方法なーんだ?》というだけなら、これはクイズである。

このエピソードからは、いかにも人間らしい執着と機知が感じられる。こういうものに出くわすと、思わず膝《ひざ》を叩きたくなってしまう。そして、いいたくなる。

なるほど、こいつは本格だ。

第12章

思わぬところから叔母の話になる

1

前に名前の出た紅書房からは、室生《むろう》朝子《あさこ》さんの『鯛の鯛』というエッセイ集が出ている。巻頭の表題作は一度読んだら、忘れられないものである。

室生さんは、ある女性映画監督と食事をなさっていた。大きな鯛の頭《かしら》を前にして、相手は、《「鯛の鯛、ご存知」といった》。そして、《お箸を使い》、

三センチほどの白っぽい骨をとり出した。「これが鯛の鯛、目玉、尻尾もすらっとしているでしょう」。私はしげしげと眺めた。みればみるほど小形の一匹の鯛の形をしていた。私はは

じめて見た鯛の鯛に、興奮していた。胸ビレを上手にほぐすとそのヒレの根元に、鯛の鯛はほかの平らな骨に囲まれている。それを左右にそっと動かすと、鯛の鯛はぽこっとはずれるのである。

《どの魚にもあるその魚の雛形の骨》だという。これに続く、《鯵の鯵》や《骨も赤味をおび尻尾はギャザースカートのようにふくらんでいた》という《金目の金目》のことは、原文を読んでいただきたい。

水が魚を懐《ふところ》に抱くように、魚は、それぞれの内に、自らの姿を秘めているらしい。まことに神秘なものを感じる。また、それを書かれているのが、外ならぬ、魚を愛した犀星《さいせい》を父に持つ方なのだ。

——鯛の鯛。

わたしは、この文章を読んだ時、そこにも、二重奏を聴く思いがし、しみじみしたものを感じたのである。

2

さて、何故、ここに『鯛の鯛』が出て来たのか。それを読んだ時、《内なる魚》ということから、また犀星には有名な金魚の物語があることから、別の話を思い出したのである。

春風亭昇太さん——あちらは御存じないが、実はわたしは、昇太さんとは、都内の、ごく有名ではあるが、誰にも当てられないような場所で遭遇したことがある。念のためにいっておくが、常識的には、まったく、いかがわしくないところである——の川の石、さらに水石について触れた。どちらも、《こいつは本格だ》という例であった。

ところが、《石》が中心となり、しかも謎解きがありながら、《絶対に本格ではない》という例もある。それが《内なる魚》の話である。

わたしが高校生の時、叔母が、末広恭雄《すえひろやすお》の『魚と伝説』（新潮社）という本をくれた。一気に読んだ。

今となっては、実に面白かったその本の内容も、ただ一つを除いて、忘れてしまった。何とも情けない。逆にいえば、《ただ一つ》の印象が、群を抜いて強かったということになる。

こういう話だ。

長崎の商家を、中国人が訪れる。そして、いう。「石垣にある青い石を売ってくれたら、大金を出す」。値打ちものだと思った主人は、断り、石を取り出したが、別に宝玉とも見えない。割ってみた。すると中から、何と、水と共に金魚が出て来て、その場で死んでしまった。

次の年、また現れた中国人に話すと、身を揉《も》んで口惜しがる。あれは、《天下の至宝である。気長に周囲から磨き上げ、中に入っている水の一歩手前までくると、石はすきとおり、中を泳ぐ二尾の金魚の姿をすかし見ることができる》という。

このイメージは素晴らしい。命を閉じ込めるという不可能事がなされているのだから、《朝夕これを見ていると心を養い寿命をのばすことができる》のも当然である。だからこそ、それが人の手に渡りそうになった時、割れてしまうのも、また必然だ。

ところで、わたしが覚えていたのは、ここまでだった。読み返してみると、もとは、柴《しば》田宵曲《たしょうきょく》の『妖異博物館』に「魚石」として載っていた話だという。さらに、後段に末広氏の、伝説の起こりについての考察があることに、気が付いた。

魚が原形を保ったまま石の中に閉じ込められているもの、それは化石以外に存在しえないし、化石だとするとなるほどとうなずきうる――というのは化石に刻まれた魚は殆ど常に薄茶色に類する赤色（水酸化鉄↓酸化鉄に変じて赤色）を呈しているからである。だから、魚についてくわしい知識を持ちあわせていない一般人には、金魚という表現が精一杯である。（中略）なお長崎県下からはよく魚の化石が出ると、その途《みち》の専門家は言う。

《なるほど》と、頷《うなず》ける。ところで、怪異に対して、合理的な説明があるのは、本格の典型的なパターンだ。しかし、これを読んでも、まず感覚的に、《本格だ》とは思えない。わたしだけではなかろう。多くの方が、そうだろう。

なぜか。

本格の場合なら、《何としても解決を知りたい》と、足踏みをしたくなるほどの疑問があるわけだ。昇太さんの石の例なら、もし、足跡一つない雪の河原で、頭を殴られて死んでいたら、《どうやったのか》と誰もが身を乗り出す。水石の例でも、何故、乾くことがないのか、というところに、激しいサスペンスがある。丁度、そういう乾きに対する水のように、答えが用意されるのだ。

だが、ここには、解答を探りたくなるような《問題》がない。石中に遊ぶ金魚は、厳然と独立している。むしろ、解決を拒む、物語の精ともいうべき存在である。後段は即ち、物語の否定である。

伝説の元を考える研究として読むなら、それでいい。しかし、伝説の側から近寄るなら、残るのはむしろ、貴石を割られたような思いである。それでは、本格にはならない。——いうまでもないが、本格では解明もまた——、いや、解明こそが、《物語の核心》なのだ。疑問から解決までが一本の棒となり、一つのものとなっていなければならない。

この辺りが難しい。

3

ところで、わたしは、物忘れをよくする。

百獣の王がライオンであるように、遺失物の王者といえば――傘である。

先日、うちに来られた方が、その傘を忘れた。電話して、《明日、そちらに行く用がありますから、お届けします》といった。そして翌日、持たずに出掛けてしまった。東京へ向かう快速電車の中で気づき、《あっ！》といったが、もう遅い。――忘れもののダブルプレーになってしまった。

今に始まったことではない。そそっかしいのは昔からだ。二十代の頃、歌舞伎を観に行くのに、肝心の切符を持たずに出掛け、やはり快速の中で、《あっ！》といったものだ。何かが、頭から、すとんと抜け落ちてしまう。

さて、評論家の茶木《ちゃき》則雄《のりお》さんに『帰りたくない！』（本の雑誌社）という本がある。中に、《珍しい名前だから、私以外の茶木氏を活字で見かけることは滅多にない》という一節がある。そこで、わたしは《いるよ、いるよ》と思った。茶木なら、確かに活字で見たことがある。

茶木さんによれば、この名字は千葉県で二百五万一千九百九十九分の十六ぐらいしかない姓だという。《この名前で活字に》なっているのは《私ひとりだろう――そう思っていた》と書かれている。《そんなことはないよ》と思うのだが、これが記憶の箱から出て来ない。気になる。

……誰だろう。どこの茶木さんだろう。……そういえば昔、江利《えり》チエミがラジオで、『東京チャキチャキ娘』というのをやっていたよなあ。「チャキちゃーん」などと呼ばれていたっけ……などと、幼き日の、朧《おぼろ》な記憶まで引き出して来たが、肝心なことが分からない。

その後、何回か、茶木さんと、お目にかかることがあった。話をしながらも、お顔と二重写しに《茶木の謎？》という言葉が浮かんでいたのである。

ところが、偶然にも、つい最近、その答えがすらりと出た。嬉しかった。もう一人の茶木氏とは、誰もが知っているあの作品の作詞者だった。

こういう本が、ある。

――『茶木滋《しげる》 童謡詩集　めだかの学校　美しい日本の詩歌②』（岩崎書店）

4

《茶木の謎》は解けた。

『美しい日本の詩歌』シリーズのことなら、別な機会に書いたことがある。それで、茶木滋氏が、記憶に残っていたのだ。筋が通る。

答えの出たところで、この話は終わる筈《はず》だ。ところが、その本に載っている、北川幸比古《きたがわさちひこ》氏の解説を読んで驚いた。

「めだかの学校」の作詞者、茶木滋は、佐藤義美《さとうよしみ》、奈街三郎《なまちさぶろう》らが《編集同人をする市販の芸術的児童雑誌『こどもペン』》に童話を書いていた、というのである。北川氏は続ける。《乾富子（いぬいとみこ）さんも、神戸淳吉《かんべじゅんきち》さんも、それに私も少年時代は同誌の投稿家だった、寄稿家が羨ましかったとお話をした》。

——ああ、『こどもペン』！

と、わたしは思った。

数年前に引っ越しをした。その時に、なくなったものもいくつかあり、また、出て来たものもある。『こどもペン』は後者だ。押し入れの奥に何冊か、入っていた。

ミステリの世界でいえば、旧『宝石』最初期のものと似た造りで、厚さ三、四ミリといった小雑誌である。紙の質も悪い。だが、そこにある絵も活字も、不思議に暖かい。当時の本屋さんには、こういう、薄くとも熱意溢《あふ》れる雑誌が並んでいたのだろう。

わたしがまだ生まれてもいない昭和二十三年の九月号には、北川青年の『かぶと虫くん』が入選している。その号に、編集同人（だろうと思う）、青山《あおやま》マスミの『みの虫さん』という童話が載っている。
昭和二十三年正月号の表紙には、スクーターに乗った少年少女が描いてある。目次には、
《はたらく　おじさん（どうわ）茶木滋
うさぎさん　よかったね（どうわ）青山マスミ》
と並んでいる。二十四年の六月号は潮干狩りが表紙。腹這いになった子供に、蟹《かに》が鋏《はさみ》を振って挨拶《あいさつ》している。目次には、
《こおり（どうわ）茶木滋
ひとつぶのだいずのねがい（どうわ）青山マスミ》
とある。ちなみに、後者の挿絵を描いているのは、ミステリファンには小栗虫太郎の『二十世紀鉄仮面』『人外魔境』などでおなじみの茂田井武《もたいたけし》である。
さて、なぜ『こどもペン』がうちにあるか——というと、この《青山マスミ》が、父の妹、つまり、わたしの叔母だからである。
どんなところで、縁が繋《つな》がって来るか分からない。
話をしたことが、あるのかないのか、は不明である。しかし、わたしの叔母は、目次の上でなら、茶木滋氏、北川氏、そして、『いぬのおまわりさん』や『アイスクリームのう

た』の作詞者、佐藤義美氏とも一緒に並んだことがあるのだ。

この稿を書き始めた時に、それが分かった。偶然の暗合だと思うのはここだ。――《末広恭雄の『魚と伝説』を読め、といってくれた叔母》とは、勿論《もちろん》、この人なのである。

5

ベレー帽を被り、薄い鼈甲《べっこう》色の眼鏡をかけていた。幼い頃には、この叔母が訪ねて来るのが楽しみでならなかった。一人では到底行けないような遠くまで、一緒に散歩に行った。簡単な紙芝居を作って見せてくれたり、今なら保育園でやるような工作を教えてくれたりした。――そう、わたしにとっては、年に一度か二度現れる、《保育園》のような人だった。

今まで何度か、子供の頃読んだ本について聞かれた。その都度、『イソップ』や『三国志』と答えてきた。しかし、まだ人に話したことのない《作品》がある。それは、我が家で預かっていた、叔母のノートだ。

つまり、当時の雑誌に載っている『きりの木、ざくろの木』、『とかげのトンスケ』などという童話の、生原稿を読んでいたわけだ。推敲《すいこう》の跡の生々しいものだったが、決して読みにくくはなかった。

『マテリエルの風船』などというのも覚えている。エル君という少年が、縁日に行く。すると、不思議な露天商が《マテリエル》と書かれた風船を売っている。男がいう。「あなたを待っていたのですよ」。その途端、風船はふくらみ、エル君の体は中に入り、宙を飛び始める。

この話の印象が強烈なのは、そのようにして空を行くことが、ただ楽しいことではないからだ。現実世界を下に見ながら、《お母さんとも、もう会えない》という哀しみが、ひたひたと迫って来るのだ。

だが、最も心に食い込んだのは、『地中國展望（虫の電波）』という長編である。これは未発表の作らしい。

地中国に生まれた、いも虫の《むくむくむっくりさん》は、ふとしたことから蟻の子の病気をなおしてやり、医学博士と呼ばれるようになってしまう。困って逃げ出したりもしたけれど、結局は勉強を重ね、知識を身につける。そして、みなしごの、おけらとみみずを助手として、皆《みん》なの治療をするようになる。

やがて、おけらは蛙を先生として音楽家への道を、みみずは蛇を先生として彫刻家への道を歩む。その過程で、蛇と蛙の《食べる――食べられる》という問題が提示され、生死について考える。

いも虫は、やがて眠りにつき、幾多の魂の昇天の様を見る。そして、自らはこがね虫に転生していることに気づく。

時は春、野は天国の花園のようであった。主人公は電波の研究をし、人間との交信を考える。

――というところで終わっていた。

第13章
原典と新版

1

《鯛の鯛》という話が出た。

鯛の胸ビレのつけ根辺りに、小さな骨がある。それが、自身のミニチュアのような形をしている――というのだ。魚類に共通することらしい。

そうと知った日に、早速、鮎を買って来て、塩焼きにした。鯛はともかく、手頃なところで《鮎の鮎》を探そうとしたのである。

箸《はし》でつついて、かろうじて見つけたのは、小さな、細長い骨片。魚とすれば、尾が異様に長い。鮎というよりは、深海魚めいている。これが《それ》なのか、違うのかも分からない。正解のないクイズのようで、何とも、もどかしい。

《鯛の鯛》は、有名なことらしく、いつかテレビでもやっていたという。見た人が羨《うらや》ましかった。例えば、象という動物がこの世にいると伝え聞くだけで、現物に会えないようなものだ。鼻が長いそうだ、耳が団扇《うちわ》のようになっているらしい。――そういわれてもイメージが浮かばない。何とかお目にかかりたくなる。

　すると、原稿を送ってから、わずか数日後、担当の方からお電話があった。――料亭で鯛を食べたという。

「仲居さんに、《鯛の鯛》のことを聞いたら、《誰でも知ってますよ》という感じでした。すぐに、目の前で、ほぐして取り出してくれました」

「へええ。――じゃあ、もう御自分でもはずせますか」

「それは、ちょっと難しいですね」

　百聞は一見に如《し》かず。落ち合って、見せてもらうことにした。

　アルミホイルに、チョコレートの一かけのように包んである。開けると、今度はサランラップ。その奥に、問題の骨が鎮座していた。体長は五、六センチ。薄いプラスチック製といった感触。貝の内側のように、ところどころ薄茶色を忍ばせた象牙《ぞうげ》色をしている。

　肝心の《姿》だが、想像していたような鯛の雛形《ひながた》ではなかった。尾ビレや下半分はなく、魚の頭と上半分を、すっとデッサンしたような感じ。しかし、確かに目の位置には穴があり、背ビレも立っている。

「仲居さんがおっしゃるには、これ、持っていると良縁が授かるそうです」

「ほう」

「そこから、話題が御自分の恋愛体験になりました。波瀾万丈。結婚あり、離婚あり。――で、今は年下の素敵な方と、御一緒に暮らしている、というところまで聞きました。めでたし、めでたし」

「その人は、《鯛の鯛》を持っているんですかね」

「さあ」

縁起物になっているとは知らなかった。骨は、参考のために借りて来た。そして、ここまでのことを書いた。

担当の方は妙齢の美女だから、この回を書き終えたら、間違いなく《良縁》を返さなくてはいけない。何しろ、もろいものだから、(――骨が、である。縁が、ではない)落として、踏んだりしたら、責任問題である。

2

さて、もう少し、叔母の話を続けさせてもらいたい。

生原稿で読んだだけではない。ハードカバーの童話集があり、その中に、叔母の『かびのおひめさま』という作品が収録されていた。記憶というのは、自分で作ってしまうことがあるから、絶対の自信はない。しかし、確か、白いドレスの裾《すそ》をひるがえして立つ、清楚なお姫様の姿が、口絵になっていたと思う。

これは母も読んでいて、「かびみたいに汚いものから、《おひめさま》の話を書くなんて」といっていた。甘酒の瓶に眠る姫と、かびの子供達の、ごく短い、奇妙な味の物語である。前述の『こどもペン』、昭和二十四年一月号にも載っていた。おそらくは、これが初出だろう。

童話集の方は、はるか昔になくなってしまったので、どこから出た何という本かも分からない。失ったものは、そればかりではない。実は、わたしが幼い日々に読んだ叔母の草稿も、今はない。

小学校五、六年の頃だったか、ふと思いついて、母に聞いた。

「叔母ちゃんのノート、どこに行ったの」

すると言下に、

「燃した」

これには驚いた。

「どうして！」

「叔母ちゃんが、《燃してくれ》っていったんだよ」

二十冊以上あったノートが、消えてしまった。誰のものかといえば、書いた人のものだ。しかし、愛読者としては、何とも勿体《もったい》ないと思う。

書かれていたのは童話だけではない。スケッチのようなコントがあったのを覚えている。一ページに二つ書かれていた。最初のは、こうだ。親戚の若者が結婚の挨拶《あいさつ》に来る。それを迎える準備をしながら、家の人達が《早稲《わせ》だねえ》といっている。坊やが脇で聞いている。若者達が来ると、突然坊やがいい出す。《おじちゃん達、早稲なんだって。皆がいってたよ》。あわてた、家人が《いえ、それ、あの早稲田大学のことだよ、オホホ》。

おおよその見当はついたけれど、母に《ワセって、どういうこと》と聞いたものだ。

――《奥手》に対する《早稲》である。《早生《わせ》》とも書く。

さて、その《早稲》もすんなり読めたわけではない。

当時、読売新聞に長期連載されていたのが、村松梢風《むらまつしょうふう》の『近世名勝負物語』である。文学事典を見ると、わたしが三歳から十一歳の時まで載っていたことになる。物心ついた時には、目にしていたわけだ。いつからか、それを読んでいたわけだが、『早慶戦』の話になった時、《慶応》は何となく読めた。しかし、《早稲田》が分からない。お恥ずかしいことに《ソウイナダ》などと頭の中で発音しながら、読んでいた。《変化球を投げるとは卑《ひ》怯《きょう》な》ということから暴力事件になった、などというくだりがあったのを覚えている。この時、親に聞いて、《早稲》は《ワセ》だと知った。歌舞伎の世界に《団・菊・左》《菊・吉》などというい方があると初めて知ったのも、この『近世名勝負物語』によってである。ついでにいうなら、わたしが十一の時に、梢風亡き後の連載を引き継いだのが永井龍《ながいたつ》男《お》で、『幸吉八方ころがし』、そして『けむりよ煙』となる。この辺は、はっきり覚えている。

さて、コントのもう一つも語呂合わせだ。坊やが《ぜんまいコーヒー》といい出して、皆が取り合わないので焦《じ》れて怒り出す。誰かが、《ああ、玄米コーヒーのことね》というのが落ち。

《たんぽぽコーヒー》ならともかく、《玄米コーヒー》というのはあまり聞かない。終戦直後には玄米茶の香ばしいのを、そう呼んだのだろう。時代が出ている（のだと思う）。よく分からなかった割に、これも鮮明に覚えている。

ところで、わたしには、こんなことをやった記憶はない。世代的にも違う。この《坊や》にモデルがあるとしたら、それは別人である。——どうでもいいことだが。

3

叔母が家に来た時、ノートが燃されたことの無念さを語り、特に《『地中國展望（虫の電波）』は傑作だったのに、残念だ》と、強調した。

叔母は、

「じゃあ、今度、また書いて来てあげるよ」

そして、次の来訪の時、書き直した原稿を綴《と》じ、ボール紙の表紙までつけて、持って来てくれた。

わたしは、沈んだ星が再び昇ったのを見るような思いでページをめくったが、どうも違う。星は、以前と同じものではなかった。原典を読んだ時には感じられた、大事なものが、

——抜け落ちているとはいわないまでも、薄められているような気がした。記憶の美化作用によるものだ、といわれたら、否定は出来ない。しかし、それだけとは思えなかった。

叔母は、当時としては、まことに珍しいことに恋愛結婚をした。それはともかく、小学生のわたしでも、夫が若くして病死したことは聞かされていた。

あからさまに尋ねたことはないが、わたしは『地中國展望』には、その人を失った時の思いがこめられていると感じた。切羽詰まった、書かずにはいられないもの、——苦悩がそこにあると思った。行間から、そういう、ただならぬものが感じられたのである。理屈ではない。子供にも分かってしまうことだ、《ワセ》でなくとも。

一つには時を経たことによって、その強い思いが淡泊になったのかも知れない。また一つには、原典は何よりも、叔母自身の救いのために存在したのに、新しい原稿は《コドモのため》のものになっていたような気がする。これは大きな違いだ。

最早、誰も見ることの出来ぬノートの別のところには、叔母が、今は亡き人に求婚された時のことを回想し、どう答え、それに彼がどう反応したかも書かれていた。わたしは、そこに大人の世界を垣間《かいま》見た。

というと、《赤裸々な告白が長々と書かれていたのか》と思われるかも知れない。実際には、わずか数行であり、これ以上ないほど、ありふれた、静かな、やり取りであった。

叔母は、そのことを誰にもいわなかったろう。ノートはすでに消えた。わたしも勿論《もちろん》、その数行を、ここに書くようなことはしない。

ただ、こういうところから、言葉とはその内に人の思いを秘めるものだと思い、また、表現というのが、《自分のぎりぎりのところから無意識にでも身を引いた時には力弱くなることがある》という、ごく当たり前のことを感じたりした。

後年、わたしは母にこんな話を聞いた。又聞きになる。叔母が語ったところによれば、病が重くなった夫は、死を考え、《この年になっても母親にすがりついて泣きたくなる》といったそうだ。

また、当時の家なら、どこもそうなのだが、叔母も、多くの兄弟を次々と亡くしている。肺を病めば、それが死刑宣告に等しかった時代であり、何より戦争があった。死は、人々の隣に蒼白い顔を見せていた。死と再生は、叔母にとって書かねばならぬ物語だったのだ。

——ここで切っておけば文章としては座りがいい。しかし、一言、付け加えたくなる。書かれるものは、全て、切迫した状況、大いなる苦悩や歓喜によって輝くというものでもない。むしろ、一歩引いたからこそ、よいものになる場合もある。

年齢を加えると、ものにはいろいろな面があると思うようになる。これこそが唯一の正解ということが減り、どうも威勢のいい主張が出来なくなってしまうようだ。

4

ミステリに関することで、疑問に思っていたことがある。それが最近、解決した。小学生の時の話が出たついでに、ここに書いておこう。

ちょうど、先程の『近世名勝負物語』の連載が終わりに近づいた頃、わたしは、よく小学校の前の貸本屋さんに行っていた。学校の帰りに寄るのは禁止だ。いったん家に着いてから、また出掛ける。本を持ち帰らず、店先のコーナーに座って読んでしまえば半額になる。白土《しらと》三平《さんぺい》の『忍者武芸帳　影丸《かげまる》伝』などを、続刊を待ち侘びては、貪《むさぼ》り読んだ。

こんなこともあった。暗くなったところで、そのお店を出て気がついた。その日こそ、当時やっていた『七色仮面』という番組の、最終回が放映される日だった。もう、間に合わなくなっていた。川沿いの道を歩きながら、口惜しがったものである。

思えば、昔の小学生というのは、よほど変わった奴でなければ、勉強などしていなかった。宿題も、ほとんどなかったと思う。『七色仮面』を録っておくビデオはなくとも、その点に関しては、いい時代だった。

さて、貸本屋漫画の中に、佐藤《さとう》まさあきのハードボイルド・シリーズがあった。『拳銃対拳銃』などというのは、三派のやくざの抗争で、友達と《どこが勝ち残るか》などという話をしたものだ。保守派の三本松一家、新興の共和会、女親分率いる弁天組というのが、その三派だったと思う。

これが前置き。

中学生になって、鮎川先生の作品を読み、夢中になったのだが、そこで思った。

「あれ、《鮎川哲也》ってどこかで読んだぞ」

記憶をたどってみたが、佐藤まさあきの《ハードボイルド劇画》の主人公が、確かそうだった。

「まさか、あれから名前を採ったんじゃないだろうな。偶然かなあ。それとも、作家の名前を借りて、劇画の主人公にしたのかなあ」

鮎川先生が拳銃ドンパチの物語を書いていたら、それもあるだろう。しかし、まったく傾向が違う。

「あっちも、本当に《鮎川哲也》だったのかな」

貸本屋さんで、その頃、鮎川先生の『りら荘殺人事件』を借りた。他に敬称略で列記すれば、『猫の舌に釘をうて』(都筑道夫《つづきみちお》)、『死神の座』(高木彬光)、『密室の妻』(島久平《しまきゆうへい》)、

『点と線』（松本清張）などを、ここで読んでいる。ということは足を運んでいたわけだ。しかし、鮎川問題の確認は、していない。その時には、劇画がなくなっていたのだろう。

年月が流れ、文藝春秋から出た、佐藤まさあきの回想録『「劇画の星」をめざして』を読んでいたら、『黒い傷痕の男』という作品について、こう書いてあった。

主人公は愛川鉄也という少年である。

これだ、これだと、叫んでしまった。《鮎川哲也》という名の響きが気に入り、もじってつけたのか、あるいは単なる偶然なのかは分からない。いずれにしても、中学生の頃、首をひねったことに、答えが出たのが嬉しかった。本を読んでいると、いろいろなことが分かるものである。

第14章

《73》の謎

1

有栖川有栖氏と共に、某所で、脱いだ靴を靴箱に入れる機会があった。——機会があった、などというのは変だが、とにかく事実はそうなのである。

さて、枡目《ますめ》のように並ぶ靴箱には、当然のことながらナンバーが振ってある。そこで、どうなるか。選択肢が幾つかあると、やはり、選ぶ。《昔の子供は、お風呂屋さんの靴箱で自分の好きな野球選手の背番号を選んだりしたものだ》などといわれる、あの要領である。自分のラッキー・ナンバーを持っている人は、空いていればそこに入れるだろう。そうでなくとも、人情として《4》や《13》を避けたりする。

その時は、二人とも適当なところに入れた。選択肢自体が、あまりなかったのである。というわけで、自分のは忘れた。しかし、有栖川氏が《73》だったことは覚えている。こういう会話を交わしたからだ。

「有栖川さん、なぜ、その番号を選びましたか」

「いや、別に意味はありません」

「それじゃあ、面白くない。そこに謎がないと……」と、ここまでいって、閃《ひらめ》いた。「なぜ、それを選んだか、推理しましょう」

「理屈がつくんですか」

「はい。推理作家、有栖川有栖氏といえば、何といってもエラリー・クイーンのファンです」

氏は、頷《うなず》き、

「そうですねえ」

「クイーンは、言葉遊びが好きだ」

「はい」

「ダイイング・メッセージなど、《意味のなさそうな文字から、ある人物を指し示すこと》も、彼の得意とするところです。だからこそ、数字の列を見た瞬間、有栖川さんは迷うことなく《73》を選んだ」

「それはまた、どうして」

「数字が敬愛するクイーンに繋《つな》がるからです。《73》を引っ繰り返してごらんなさい。エラリー（ELLERY）の最初の二文字、《EL》になるじゃありませんか！」

2

ちょっと格好良すぎるけれど、これは実話である。

偶然でも、無理やりこじつけると、これぐらいのことが出来る。《国家安康》の中に《家康》という文字が、たまたま入っているようなものだ。

さて、これがコントか何かだったとする。世界の名探偵が集まり、親睦会を開いている。すると、玄関のチャイムが鳴る。行ってみると、七十三個の何かが逆さに置かれている。《ファンより》というカードが付いているが、誰に宛てたものか分からない。——例えば、それが逆さに吊られた薔薇《ばら》だったりする。そのことからいろいろな意味付けがされては、次々に打ち消される。最後に《73》という数から、《我らがエルへのものだ》となる。

もっとも、これでは正解が一番ぱっとしない可能性がある。話も型にはまっている。ただそれだけのものである。元の《靴箱事件》の方が、はるかに面白い（と、わたしは思う）。しかし、《浮かんだアイデアが、よりミステリらしい形になった》とは、いえよう。

本格ミステリには、大抵の場合、こういった核になるアイデアがある。そのアイデアには、《本格的》としかいいようのない、ある種の機知が要求される。

一言でいえば、それが《トリック》ということになるだろう。ただ、トリックには《だます》ものというイメージがある。素直に考えると、作中の犯人が作る密室やアリバイ、作者自身が仕掛ける叙述に関するものなどの例が浮かぶ。つまり、こういう《メッセージ》の類《たぐ》いまで含むのだろうかと思えてしまうのだ。

いわゆる《ダイイング・メッセージ》は、被害者が、《誰が犯人か》を伝えようとして今わの際に残すものだ。となると、本質的には《詐術》とは逆の性質のものになる。伝達の手段だ。勿論《もちろん》、《犯人には悟られないようにして手掛かりを残す》という意味で、被害者が犯人を《だます》ものだとはいえる。しかし、日本におけるトリック研究の源、江戸川乱歩の「類別トリック集成」においては、《異様な動機》までも、トリックの範疇《はんちゆう》に含まれている。

ジョンさんに殺されて《ジョン》と書いたのでは本格にならない。だからこそ、作者が《仕掛け》るわけだ。そういう考え方をすれば何であれ、ミステリ的アイデア（これも、非常に漠然としたいい方だが）は全て、作者の用意する《トリック》ともいえる。

そして、本格ミステリ好きは、発表するしないは別として、トリックを、あれこれと考えてしまうものだろう。バリー・ペロウンという作家に『穴のあいた記憶』という短編がある。日本版『EQMM（エラリイ・クイーンズ・ミステリ・マガジン）』に紹介された時から、《洒落《しゃれ》た作品》といわれ、評判がいい。わたしは、これが大嫌いなのである。ここまでなら書いてもいいと思うが、要するに《前例なし、完全無欠という、究極の密室トリックを考えついた男が、歓喜しつつ酒を飲む。翌朝、気がついたら、そのトリックを忘れていた。さて……》という話である。

ニヤニヤしながら読める人は、大勢いるだろう。しかし、わたしは笑えない。洒落にならない。実際、寝ながら《あ、これって、リドル・ストーリー向きの面白いアイデアだ。メモしなきゃ》と思ったりする。そして、起きたら忘れていたことがあるのだ。夢の中の価値観など、実にいい加減なものだから、たいした思いつきではなかったのだろう。しかし、それが手の中から逃げ出してしまうと、後に残るのは、何ともやり場のない気持ちである。

先程、《靴箱事件》の方が面白いと書いたが、それは、こういうことにこだわる人間（わたしだ、わたし）の姿が、直接、そこに表れているからだ。ある意味では、わたしは個々のトリックそのものより、《そういうことを愛する人間》が好きなのだともいえる。

《そんなことはくだらん》といわれると、子供の笑顔にも、道端の花にも、空の雲にも、気づかずに足早に行き過ぎる人を見るような気になる。

3

文章という形をとっているなら、そこに書かれていることが、まず、理解されなくてはならない。

詩や小説などの、感性に訴え、正解などないものの場合には違う。誰にも理解されるなどということはあり得ないし、むしろ、あってはならないだろう。しかし、論理的な文章、説明文の場合には、内容を、分かりやすく正確に伝えるというのは、最も基本的なことである。

分かりにくいものの例に、パソコンの説明書などが挙げられ、非難されたりする。《それもまた良し》という人は少ないだろう。

ミステリにおけるトリックというのは、イメージ的には、情と知に分ければ、後者で受け止めるものだろう。小説中で、トリックの解明をするというのは、機械の使い方を説明するのに似ている――と、いえなくもない。となれば、分かりにくかったらアウトの筈《はず》である。

だが、わたしは鮎川先生が、山沢晴雄《やまざわはるお》氏を紹介した次の文章（『本格推理①』光文社文庫）を読んだ時に、胸がわくわくしてしまった。

（山沢氏は）足が地についたトリック小説を得意としていて、読者は一行一行をメモにとるくらい丹念に読んでいかないと、途中で何がなんだか解《わか》らなくなり、巻末に用意された意外な真相の面白さを味わいそこねる。

この《何がなんだか解らなくな》るというところが、わたしには実に嬉しかった。――理解されることを拒否しかねないトリックの存在。そこに、《詩》に近いものを感じた。

実際に、わけの分からないトリックが出て来たら、いらいらさせられるだけかも知れない。しかし、感覚的には、《こういうことまでやるからこそ、人間は人間なのだ》と思う。

『源氏物語』においては、主人公、源氏の死は語られない。そこには、表題だけを持つ「雲隠」の巻が置かれている。わたしが、最初にその空白のページを知ったのは、谷崎源氏においてであった。白い紙をめくりつつ、戦慄を感じた。

《73》の話は、靴箱とE・Qから始まったが、外ならぬクイーンにも印象的な空白がある。国名シリーズ中、名作といわれる『オランダ靴の謎』では、下半分の白いページが、しばらく続く。こちらは「雲隠」のような絶対的な《無》ではない。作者は、そこを読者の《推理ノート》として提供している。要するに、それは、埋められるための白なのだ。――と、いったところで、実際にそこをノートとして使う読者がどれだけいるだろう。では、その用意は無意味なのか。いや、違う。

これが、実用的なメモ帳であったなら、使われなければ無駄だろう。だが、『オランダ靴』の空白は、実は読者のためのものではない。《創作の一部》だ。作者のものなのだ。だから、そこに《ある》ということですでに役目を果たしている。

これもまた、わたしには詩の類いに思える。

4

ところで、わたしの書いたものの中にも《丹念に読んでいかないと、途中で何がなんだか解らなくなり》そうなものがある。

『覆面作家の愛の歌』という作品の中の、アリバイ・トリックである。電話を使ったものだが、これがなかなかに複雑である。

最初に、担当の方に話した時も、一回では呑み込んでもらえず、何度も説明した後で、《なーるほど》ということになった。読者に分からないのではないか、ということは、さほど気にならなかった。この場合は最初から、《それぐらい込み入ったこと》を、やってみたかったのだ。確信犯である。

ところが、この作品にテレビ化の話が来た。一番、心配したのが、《分かるかどうか》である。映像化されたものは、原作とはまったく別の、独立した作品である。不特定多数の人が見るテレビでは、分からなくては困るだろう。しかし、制作の方達は驚くほど楽観的であった。

「いや、あれは絵にした方が伝わりますよ」

「そうですか」

「大丈夫、大丈夫」

というわけで、出来上がるのを楽しみにしていた。そして、観てみたのだが、——何と、作者のわたしが、とまどってしまった。これは面白かった。

どうしてかというと、テレビ版は、わたしのトリックを一段階やさしくしてあったのだ。考えていたのと違ったから、一瞬、《間違ったのかな》と思ってしまったのだ。

——出来ましたら、『覆面作家の愛の歌』を読んでから、この先に進んでいただきたいのですが、無理にとは申しません。

さて、この場合のトリックというのは、こちらからかけた電話を相手からかけて来たものと誤認させ、時間をごまかすもの。『ミステリ博物館』間羊太郎《はざまようたろう》（三崎書房、のち現代教養文庫から『ミステリ百科事典』として増補版が出ています）を見ると、《電話》の項にこういう例が載っている。テレビドラマの『弁護士プレストン』で、

社長室から電話のベルが聞こえたので隣室の秘書が部屋に入

った時、社長はデスクの上に三つ四つ並んでいる電話のうちの一つの受話器をとりあげていた。社長は秘書を目顔で制し、二、三応答の返事をしていたが、突然顔色を変え、相手の名を叫んだ。

相手が射殺されたというのだ。これがアリバイ・トリック。勿論、犯人は社長。会話は偽物。ベルの音は本物だったが、

彼は、卓上に並んだ電話の一つから、他の電話の一つにダイヤルを廻したのだった……。

これでは、トリックともいえない。あまりにも単純素朴。そんなの誰にでも分かるよ、といわれてしまう。『愛の歌』を書いた時には、これを意識してはいなかった。しかし、

出来た作品は、結果的には、この改良版である。

つまり、《A＝目の前で、実際にベルの鳴り出した電話の受話器を取り上げ、それを使って話している。しかし、それが、こちらからかけた電話だった》という状況を作ったのである。

テレビ版の方は、《B＝離れたところでベルの音がし、一台の受話器を取り上げたら音が止む。その受話器で話している。それが、こちらからかけた電話だった》となっていた。Bの方が、問題としては、ずっと簡単なのである。小説版のポイントの、ある面倒なことをしないですむ。ただし、これでも、観ているとかなり難しい。視聴者の半分も理解出来なかったのではないかと思う。

本格ミステリ作家としては、いかに無理があろうと、より不可能な状況であるAに挑戦したくなる。それが読者に分かるかどうか、ましてや実行出来るかどうかなど、問題ではない。そのことにより、自分の世界が作れるかどうかが問題なのである。だからこそ、小説だともいえる。

その分かりにくいもの、いい換えれば《我《わ》が儘《まま》なもの》を、噛《か》み砕いて下さったテレビ側の判断も、まったく正しい。

ここに、映像と文章の違いがあるのだろう。

第15章

仕事の鬼

1

『めだかの学校』の作詞者、茶木滋さんが、亡くなられた。

茶木さんのことを書いたばかりだったから、新聞を開いて訃報《ふほう》を目にした時、あっというってしまった。

ちょうどその頃、水槽にメダカを放して、飼い始めた。前からいるタナゴは、藻の陰にひっそりとしている。メダカは、透き通った小さな鰭《ひれ》を、機械仕掛けのようにはたはたと忙しく動かし、元気に泳いでいる。不思議な暗合を感じる。

御冥福をお祈りいたします。

2

さて、前章で、自作の中のアリバイ・トリックに触れた。

わたしの同じシリーズに『覆面作家、目白《めじろ》を呼ぶ』という作品もある。

――できれば、こちらも先に読んでいただけると有り難いのですが、やはり、無理にとは申しません。

そこでは、《プロバビリティの犯罪》を扱っている。というと、ものものしいが、これは江戸川乱歩が使ってからミステリ用語として定着した言葉である。事故に見せかけて人を殺すやり方で、《こういう仕掛けをしておけば、たまたま死ぬかも知れないし、死なないかも知れない》というもの。不確実なだけに嫌疑を受けにくいというメリットがある。

そこで、《蓋然《がいぜん》性の犯罪》といわれる。代表作としては谷崎潤一郎《じゅんいちろう》の『途上』、乱歩の『赤い部屋』などがあげられる。

『目白を呼ぶ』では、わたしは《蜂》を犯行の材料にした。

スズメバチに一度刺されたことがあり、今度、同じ目にあうと命にかかわる――という人が被害者。その人が山中の悪路を行く。犯人は、車中に寒さで動けなくなったマルハナバチを落としておく。車内の暖かさに蘇《よみがえ》ったハチが、狭い空間を飛び回りだす。羽音にパニックになった被害者は、ハンドルを切りそこなって、谷に落ちる。

こういう仕掛けである。

すると、東京都の山田さんから、《トリックに類似したものがあるのを御存知でしょうか?》という、お手紙を頂戴《ちょうだい》した。

> そのトリックは1988年に集英社コバルトシリーズより発行された藤本ひとみ先生の「まんが家マリナ密室殺人事件　愛と哀しみのフーガ　下」に出てきます。被害者は過去にハチに刺され、体内にハチ毒に対する抗体を持っている人間です。犯人は被害者の留守中に部屋に忍び込み、煙でいぶして不動化した女王バチを置いて、(以下略)。

山田さんの紹介を読んで、《なるほど、なるほど》と思った。

自分だけ分かっていて、ここから先を書かないのは意地悪なようだけれど、人の考えたトリックを、公の場でこと細かに説明してしまうわけにもいかない。ただ、藤本《ふじもと》氏の作品は、ここから、巧みな《遠隔殺人》になっていく――とだけいっておこう。間羊太郎氏の『ミステリ百科事典』が続いていたら、《蜂》の項に、当然、載るようなトリックである。

しかし、わたしの『目白を呼ぶ』と似通う部分は、引用の箇所までなのだ。そこで、こちらは一安心。

山田さんのお手紙は終始暖かく、御好意から、蜂を使った作品を紹介してくださったものである。それでも、一瞬、《あれっ》とは思う。《前例があったのかな》と、心配になるのである。だが、ここまでなら問題ないだろう。《蜂を使う》のは、ミステリの世界では、すでに一つの公式なのだ。

トリックの分類上は《動物犯人》の一つ。古典的作例は、アントニー・ウインの『キプロスの蜂』。『ミステリ百科事典』でも、これが代表例となっている。江戸川乱歩編の『世界短編傑作集3』(東京創元社)から、その一節を引くと、人体というものは、血清とか血液とか、あるいは動物のからだから抽出した液やなにかを注射されると、あとになってその物質に対して恐ろしく敏感になるんだ。(中略)ねえ警部、人殺しがこんな手を使うには、あらかじめその犠牲者に蜂の毒をある程度の量、あたえておかなければならない――(井上一夫《いのうえかずお》訳)

というわけで、本歌はここにある。後は、それをいかに変奏するかである。動けなくしておいた蜂を使う点は同じで、確かに《類似》している。しかし、気温の変化等で、動物を動かす作例はかなりあるし、これも公式化しているといっていいだろう。藤本氏の作品は、その《起こし方》と、被害者を襲わせる仕掛けに妙味があり、眼目があると思う。

一方、わたしの蜂は刺さない。蜂を使う目的は《刺させること》にではなく、《恐怖感を煽《あお》る》ことにある。ここが、最大のポイントだ。

夏の夜、横になっても、耳元に蚊が来ると、気になって寝られない。実に嫌なものだ。ましてて、蜂ならどうか。宙を舞う針の存在は、恐怖そのものだろう。

これが現実に、身の危険の問題となるのが、運転中である。——実は、わたしは、開けておいた窓からアシナガバチに入られたことがある。ハンドルを握っている時に、である。うわんうわんという羽音が、顔の回りを飛び回る。《嫌》などというものではなかった。《もしも相手が、スズメバチだったら》と思うとぞっとする。そして、これまた実際に、福島の山の中の温泉に行った時、高速に向かう近道だという、山越えの悪路に入ったことがあった。『目白を呼ぶ』のテレビ化の画面で見た道は、それから比べれば穏やかなものだ。わたしが通ったところでは、左は谷川へと落ち込む、凄まじいばかりの崖だった。関東平野にいる人間には、進入禁止にならないのが信じられないような道だった。それなのに、対向車が来たりした。

こんな二つの実体験が結び付いたのである。

さらに、もう一つポイントがある。犯人が実際に使うのは、マルハナバチなのだ。もし調べられても、車内からスズメバチが出て来ることはない。スズメバチの方は凶暴で扱いが難しい。おとなしくて、性格（?）のいいマルハナ君なら、手に載せても大丈夫。心理的に圧迫するためなら、大きめのマルハナバチで十分なのだ。

怖い怖いと思っていれば、ススキも幽霊に見える。要するに、虚像であろうと、当事者の見方によっては、実像となってしまうという物語でもある。これもまた、人間らしい心の動きではなかろうか。

というわけで、藤本氏の作品とは、蜂を使うという《同じ分野に入る》のであって、結局のところ《類似》してはいないと思うのだが、――いかがでしょう。

3

前例があると知っていたら、書くことはできない。当然のことだ。しかし、誰しも、全てのミステリを読んでいるわけではない。となれば前例のあるトリックを使った作品も、当然、生まれ得る。

困ったことだろうか。――わたしには、これが、ある意味ではよいことにも思える。

忘却という《消しゴム》がなかったら、人間は生きてはいけない。哀しみ、苦しみが、ただ上へ上へと積み重なり、人を押し潰《つぶ》すだろう。時だけが解決してくれることというのは、確かにある。忘却とは人を生かすための仕掛けともいえる。

同じように、全てのトリックを知らないのも、ミステリを書くための仕掛けといえる。人間の考えることなら、必ず、他の人間も考える。あらゆるトリックに前例があって不思議ではない。勿論《もちろん》、書き手なら、常識的なものに関しては（それがどこまでか、は問題だが）知っていて当然だろう。しかし、知り過ぎたおかげで、生まれるべき作品が闇に葬られてしまうこともある。

二《に》階堂黎人《かいどうれいと》さんや、倉知淳《くらちじゅん》さんが、《まさに書こうと思っていた作品と、同じトリックのものが出てしまった。もう、書けない》と、おっしゃっているのを耳にしたことがある。作家の側からすれば、当然、そうなってしまう。

読者として正直にいうなら、こんな時には、《もったいない。知らずに書いてくれればいいのに》と思う。知らない方がいいこともある。トリックはあくまでも、作品の《全て》ではなく、一つの《要素》に過ぎない。読み手の方は、それがいかに料理されるかが楽しみなのだ。

ここで、ある作品を読んでいただこう。全文掲載である。『ミステリマガジン』一九六八年、五月号に載った作品。『世界ショートショート傑作選2』（各務三郎《かがみさぶろう》編・講談社文庫）にも収められている。

仕事の鬼

アラン・V・エルストン
青木《あおき》日出夫《ひでお》訳

ドアのノッブには、『面会謝絶』の札がさがっていた。病院などのドアによく見かけるものだが、これは下町のビルの二階にある二一一号室のオフィスのドアにかかっていた。曇りガラスには簡単にO・サマーフィールド・シンプソンの名が出ているだけだ。訪問客への忠告を補強するためだろう、ドアには鍵がかかっている。なかからは、タイプライターを打つ音が聞えてくる。

二〇〇号から二一〇号のオフィスには、不動産業者、保険屋、公証人と歯医者が入っている。表側の階段は大通り《メイン・ストリート》に出ている。裏階段は間借人用の駐車場に通じている。朝九時。不動産業者のウェルビー兄弟が裏階段をのぼって出勤してきた。二人が二〇四号のオフィスに向う途中、二一一号のドアにかかっている札を見た。なかでタイプを打つ音がする。

「やってるな」アル・ウェルビーがいった。

デイヴ・ウェルビーがくすくす笑った。「昼までには少なくとも十人は殺してるだろうな。彼の新作読んだか?」

ほかの間借人も出勤してきた。十時頃には十人ばかりの人が二一一号の面会謝絶の札を見た。文芸の女神ミューズがO・サマーフィールド・シンプソンの創作意欲をかきたてた日には、これはよくあることだった。

十時半には、歯医者の受付をやっているトリクシー・デールが二〇〇号からおずおずと出てきた。O・サマーフィールド・シンプソンは本にサインをしてくれるだろうか? 最近の三作のミステリを読んだといえばしてくれるかもしれない。しかし、戸口にいったとき、ドアに札がかかっているのを見た。なかでタイプライターの音がする。ノックをしたら、きっと迷惑がるだろう。それでトリクシー・デールは二〇〇号に戻っていった。

十一時には、管理人がホウキとバケツを持って廊下をおりてきた。窓を洗う日だった。二一一号まで来て、そこで立ち止った。合鍵は持っていたが、それを使えば、ほうり出されることはわかりきっていた。シンプソン氏はかんしゃく持ちだ。彼がその札をかけたら、近寄らないほうが賢明。時には夜通し仕事をする。原稿はぜんぶ自分でタイプをうつ。この管理人ほどシンプソン氏の仕事の習慣を知っているものは、ほかにはなかった。彼は二一〇号に向きを変えた。二一一号の窓は来週にまわすことにしたのだった。

十二時に、公証人のサム・ヒーリイとエド・ソーンが二〇七号から現われ昼食に出る途中二一一号の前を通り過ぎた。シンプソンはまだタイプライターをうっていた。札は相変らずかかったままだ。「ぜんぜん休んでないようだな」ヒーリイがいった。「どうなってるんだろう?」

二人は裏の駐車場におりた。サマーフィールドの車が二人の車の隣りに置いてあった。

「まったく、あの男は仕事の鬼だよ」ソーンがあいづちを打った。「昼食を食う時間さえ惜しんでいる。だれかが邪魔しようものなら、大変な見幕だからな。電話もそんなことがあって据えていないらしい」

正午と三時のあいだには、二十人ばかりの間借人や訪問客が二一一号の住人が仕事に精出しているのを聞いた。

三時に、ジョン・ハリデイという名の男がビルの大通り側の玄関に車で乗りつけた。高級車のセダンと仕立てのよいスーツからするとかなりの資産家にちがいない。がっしりとした体軀の若禿げの男で、その顔はなにか悲劇的な事件に出合ったような表情をおびていた。

表の階段をのぼり、二一一号に真直ぐ進んでいった。その戸口に立ち、ドアをノックはしないで、ドアのノッブにかかっている面会謝絶の札をじっと見つめていた。しばらく、なかでタイプを打っている音に耳を傾けていた。

それから、いきあたりばったりにオフィスを選んだ。二〇七号で、そのオフィスのなかに入っていった。ヒーリイとソーンは二人とも席についていた。ジョン・ハリデイが二人に尋ねた。

「O・サマーフィールド・シンプソンさんはどこにいらっしゃるか御存じじゃありませんか？」

サム・ヒーリイが愛想よく笑っていった。「知ってますとも。オフィスにいるはずです。二一一号です。一日中いましたよ。ですが入って行かないほうが賢明ですよ。仕事中です」

「どうも」ジョン・ハリデイは礼をいって、そのオフィスを出てから二〇六号に入っていった。そこでも同じ質問をし、同じ答がかえってきた。

オフィスからオフィスへと、シンプソンのことを尋ねまわった。だれもが、シンプソンは朝早くから部屋に鍵をかけてなかに閉じこもり、タイプライターを打ち続けていたと答える。

清掃道具を入れて置く物置部屋のところでハリデイは管理人を見つけた。管理人も、同じ答を彼に返した。

「まさか、そんなはずはありません」ハリデイは固執した。

「たしかにこのなかにいるんでしょうね？」

「もちろんです、タイプの音が聞こえてきますからね。それに彼の車も裏の駐車場にありますよ。仕事をしているのでなければ、ぜったいに札をかけるような人じゃありませんよ」

ハリデイは最後に二〇四号にあたってみた。ウェルビーのオフィスだった。アル・ウェルビーがいった。「シンプソンかね？　ああ、オフィスにいる。よく働く男だよ。どうしても会いたいのなら、ノックしてみることですな。しかし、入れてはもらえませんよ。探偵小説を書きはじめたら、大統領がたずねてきたって会いはしないんだから」

「電話を貸していただけますか？」ウェルビーがうなずいたので、ハリデイは電話帳をくってから、ダイヤルをまわした。

「シェリフ事務所ですか？　……わたしの名前はジョン・ハリデイといいます。ここから八十キロほど離れたカノガ・レイクに住んでいます。二時間前に、わたしはそこである男を射殺しました。冗談をいってるんじゃありません。今はファーゴ・ビルの二〇四号にいます」

ハリデイは電話を置くと、パイプをとり出した。火をつけるとき、手が震えているのがわかった。ウェルビー兄弟と美人秘書は口をあんぐり開けて、ハリデイを見つめていた。デイヴ・ウェルビーが口ごもっていった。「なんだって？　人を殺しただって？　いったいなんで！」

「まあまあ」ハリデイが仲に立ち、口をはさみこんできた。「シェリフが戻ってくるのを待つことです」

それほどの時間はかからなかった。小太りの、二重顎の男が息せききって、オフィスにかけこんできた。「シェリフのオームステッドだ。どちらがハリデイだ？」

「わたしです」ジョン・ハリデイはオートマティックを出し、シェリフにそれを渡した。「その拳銃で射ちました」

シェリフが目をしばたたいた。「どうして、近くの警察に自白して出なかった？　なにもわざわざ八十キロも車を飛ばして話しに来るまでもないだろうに」

「このセンターヴィルに住んでいる男を殺したからです」とハリデイは説明した。「正午に男がわたしのカノガ・レイクにある家に来て、拳銃をつきつけました。わたしを殺すというのです。強盗じゃないから金を出しても無駄だといいました。それからその男は笑って、自慢しはじめました。自分のオフィスにいる間借人はみんな彼がここで一日中仕事をしていると証言してくれるから、絶対に安全だといいました。彼は射ちましたが弾丸はそれました。二発目を射つ前に、わたしはオートマティックをとり、彼を射ったわけです。心臓をぶち抜きました。わたしは射撃の名手でしてね。それから、彼が隣人がアリバイの証言をするといったことが真実かどうかを知るために八十キロの道のりを車で飛ばしてきたんです」

「その男の名前は？」オームステッドが尋ねた。

「Ｏ・サマーフィールド・シンプソンです」

「馬鹿げてる」アル・ウェルビーが口をはさんだ。「シンプソンは一日中、このビルのなかにいましたよ」

「このシンプソンとかいう人は、あなたになんのうらみがあったんです？」シェリフはハリデイに聞いた。

ハリデイの額に深い当惑のしわが刻まれた。「それがさっぱりわからないのです。いちども会ったことのない人です。正体を知るために彼の体を探りました。見つかったのは、彼の名前と鍵だけでした」彼は鍵をとり出し、オームステッドに投げ渡した。

オームステッドは目をむいた。「なぜ鍵をとりました？」

「彼のオフィスにアリバイのトリックをしかけているのなら、なんとかされる前につきとめておきたかったのです。わたしの推測ではタイプライターになにかをしかけて自動的に動くようにして、ドアに鍵をかけ、面会謝絶の札をノッブにつるし、ビルの裏の駐車場に自分の車を残し、別の車でわたしのところに来たのでしょう」

「シンプソンのオフィスはこの廊下のすぐ先です」アル・ウェルビーがいった。

オームステッドはくるっときびすを返した。ハリデイとウェルビー兄弟がすぐあとを追った。二一一号のドアには、面会謝絶の札がかかっていた。ドアの向うからタイプを打つ音がはっきりと聞きとれる。

オームステッドは鍵をドアにつっこみ、まわして、ドアを蹴って開いた。

タイプライターの前には、O・サマーフィールド・シンプソンのアリバイ作りの荷担者がいた。プラチナ・ブロンドの美女だ。不意の闖入に、彼女はうつ手をとめ、凍りついたようにすわっていた。

ハリデイが雷にうたれたように立ちつくしていた。それから、苦々しげに低い声でいった。

「シェリフ、わたしの妻です」

Nobody Works So Hard © H. Aoki 1968

4

幕開けから、中盤、最後の最後に至るまで、実に奇妙な味がある。何とも不可解な謎が提出され、それが合理的かつ鮮やかに解決されている。

その鮮やかさは、どこから来るか。

最後でアリバイ・トリックが暴かれる。しかし、その仕掛けに驚く人はいないだろう。トリックとして見たら、これほどつまらないものはない。ただ、代理の人間がタイプライターを打っていたというだけである。

人間関係、犯罪の動機もまさに陳腐極まりない。これほど手垢のついたものはないといっていい。

要するに、ミステリ的要素の持つ面白みはゼロなのである。それが、素材を扱う包丁さばき一つで、鮮やかな一品料理になっている。

――というと、《では、これは、よく出来た本格なのか？》と問われそうだ。そうは思わない。不可解な謎に合理的な解決という、本格の理想を踏まえてはいる。しかし、これは《よく出来た話》ではあっても、本格ではなかろう。

手掛かりが提示されない、という点もある。しかし、わたしは、春風亭昇太さんの石の話や、水石の話を、感覚的に《これは本格だ》と思った。あちらには《ミステリ的要素の持つ面白み》を感じたのである。

本格について語っている時、《本格だ》と思わないものを例に引くのは筋違いかも知れない。しかし、《トリックが零点であってすら、書き方によっては、これだけのものが生まれる》といいたかったのである。

当たり前のことだけれど、読者はトリックを読むのではなく、《作者を読む》のである。

第16章

三挺の駕籠

1

第二次世界大戦が終わり、覆いが取れたように、探偵小説が復活した。

江戸川乱歩のもとに同好の士が集まり、歓談することが重なった。やがて、それが定期的な集まりとなり、《土曜会》と呼ばれるようになった。これが《探偵作家クラブ》に繫《つな》がり、やがて現在の《日本推理作家協会》へと発展して行く。

さて、ここに『探偵作家クラブ会報』という本がある。全四冊、大判でそれぞれに四百ページを越える。柏書房の発行。第一巻の発行日が一九九〇年六月二十五日、残念ながら、現在は絶版。乱歩が自分でガリ版をきった「土曜会通信」に始まり、《探偵作家クラブ》の会報としては最終の第百八十五号までが収められている。

この分量で、しかも、あまり売れそうにない本だから、当然、いいお値段がついている。

しかし、迷うことなく購入した。一つには、日本推理小説史の、生きた一齣《ひとこま》一齣を、垣間《かいま》見られるだろうと考えたからだ。例えば、昭和二十三年、第十七号の消息欄には、

江戸川氏は、九月二十一日「毎日読物」の為に正岡容司会、夢声、しん生《ママ》、柳好、正蔵等との座談会に、又同二十七日には、「天狗」の為に城昌幸司会、文治、しん生《ママ》、小文治、伯竜、南鶴等との座談会に出席した。

とある。乱歩は一体、ここでどんなことを話したのだろう。国会図書館に行けば、これらの雑誌が読めるのだろうか。本当のマニアだったらそうするのだろう。しかし、わたしの場合は、《面倒だ》という気持ちの方が先に立ってしまう。それでもいい。古今亭志ん生《ここんていしんしょう》対江戸川乱歩とは、想像するだけで(多分その方が、実際に読む以上に)面白い取り組みだ。ルパン流にいうなら、《怪人対巨人》である。

こういう記事を順を追って拾って行き、座談会やら催し物の詳細について掘り起こして

いったら、ミステリ好きにとってはかなり面白い読み物になるだろう。何人かで毎月集まり、《こんなことやってたんだねえ》《あの人がねえ》《これはどうなったんだろう》と、話し合い、関連する現物を復刻する。そういう連載を、どこかでやらないだろうか。物ぐさだが興味関心はあるので、読んでみたい。資料的な意味からも、やっておく価値はあると思う。

——などと考えられるだけでも楽しいのだが、《あれが本になるの！》と思ったわけは外にある。実は、これは釣り落とした——、いや、そこまでもいかない、釣れたらいいなと夢想した魚だったのである。

中島河太郎《なかじまかわたろう》先生は、【解題】で、こういっている。《第一号からを製本して保存しているのは、協会と椿八郎《つばきはちろう》と山村正夫《やまむらまさお》に私だけだったが、椿の分は没後古書店に出てしまった》。

——何とわたしは、この椿氏の本と対面しているのだ。

目録を見て出掛けたわけではない。まったくの偶然である。どこだったかは、記憶にない。何軒かのお店が集まる古書展だったと思う。ただ、普通のそれではなく、本に値がついていなかった。買いたい人間が紙に幾ら幾らと書いて、封筒に入れる形式だった。となると、プロの集まる展示会だろう。事情に詳しい友達に、連れて行ってもらったのだと思う。

並んでいる本を、何げなく見て行ったら、綺麗《きれい》に製本された『探偵作家クラブ会報』があった。びっくりした。《椿八郎》という名も、活字を使って、はっきりと印字されていた。

今なら、《なーに、復刻本がありますよ》ということになるが、当時は、《天下の孤本だ》と思った。金額を書いて封筒に入れようかと迷った。だが、わたしの書く値段で、手に入る本でもないだろう。結局、眺めるだけで帰るしかなかった。

以来、《あれは一体、どういう人のところに行ったのだろう》と、考えることがあった。古本屋さん巡りをしていると《欲しいと思う本があったら、その場で買え》といわれる。これは、誰でも実感することだ。一度つれなくした本との再会は難しい。――それでいて、高く買ったりすると、その直後に百円コーナーに出ていたりする。まことに、仕組まれたように意地悪なものだ。

ところが、この『会報』の場合は逆だった。その数年後、復刻本が出るという情報が入ったのだ。

こういうわけだから、購入を迷う筈《はず》がなかった。

2

この四冊を、全て丹念に読んだわけではない。拾い読みをしただけだが、中では、島久平氏の一文が印象に残っている。

最近の読者には、島久平といえば、《幻の名作として出版された『硝子《ガラス》の家』（光文社文庫）の作者》ということになるだろう。

わたしは中学生の時、貸本屋の棚で島久平と巡り合った。東都書房の『密室の妻』である。

題名に《密室》と入れると、本が売れるらしい。これに、《完全》でもついて《死》や《殺人事件》が加わると、いかにも本格らしくなる。――もっとも、『完全密室で窒息死』などというのは駄目だろうけれど。

中学生のわたしも、この《密室》という文字に飛びついた。

惹《ひ》き文句は、こうだった。《大阪薬業界を二分する新旧両勢力を代表するかつての同級生と、少女の頃から男性の間に君臨した絶世の美女をめぐって展開する奇怪な殺人劇！

密室トリック史上に、黄金の一頁を加える本格中の本格550枚！》。前半はさておき、この後半には、そそられた。――念の為、書き添えるなら、手持ちの本は、後年、古本屋さんで買い直したものである。貸本屋さんの本を着服したわけではない。

さて、読んで、お話や登場人物には、生意気ながら《いかがなものか》と思った。まず第一に、《絶世の美女》の名前が強烈であった。一生忘れることが出来ない。『オセロー』の妻、デスデモーナをもじって、出《で》助《すけ》茂《も》奈《な》子《こ》というのだ（ね、《いかがなものか》と思うでしょ？）。しかし、中心となるトリックには、感嘆した。物理的なものではなく、ある盲点をついていた。

今となっては、格別、珍しいパターンでもないが、当時のわたしには新鮮だった。《密室を、こういう形で解決するのか！》となった。

こうして島久平という名は、中学生のわたしの頭に、本格派の注目すべき作家として刷り込まれたのである。古本屋さんを回るようになってからは、島作品をチェックした。昔も今も入手困難な、『知っているのは死体だけ　女魔ドコ』（久保書店）も、ちゃんと持っているし、読んでいる（ただし、こちらは《いかがなものか》の度合いがさらに強まっている作品なので、無理にお探しになる必要はないと思う）。

『硝子の家』は、その頃の本格好きの基本図書の一つである。これに関しては、題名の持つ見事な二重性が記憶に残っている。光文社版をパラパラとめくり、最後の一句、《そして君は、名古屋のホールでジルバを踊るのだよ》に行き当たり、まことに懐かしかった。島久平の持ち探偵は、伝法義太郎《でんぽうよしたろう》という。これは、いかにも《伝法らしさ》の出た、いい結びなのである。短編か中編かの中で、伝法探偵が、誰かに凄まれる。伝法探偵は、体格のいい、強い男である。すわ乱闘かと固唾《かたず》を飲むと、《どうも、すみません》といって、去って行く。――そういう場面があったと思う。風変わりな、面白い探偵だった。

わたしは大学時代に一度だけ、鮎川先生のお宅にうかがったことがある。本格ファンにとっては夢のような数時間だった。あれこれ話が出た中で、わたしは『密室の妻』や『硝子の家』にも触れた。すると、先生は、とても嬉しそうな顔をなさった。

「島さんに会ったら、話しておきますよ。若い人が読んでいると聞いたら、喜びますよ」

本格不遇の時代であった。だからこそ、そこには、通じ合う暖かいものがあった。

3

その島氏が、昭和三十年九月の『会報』第百号に、「探偵小説の話」という文章を寄せている。

放送関係のA氏が自作のことを語った。

――交通事故で死んだ夫人は、白いワイシャツを買っていた。しかし、その夫は《色物しか、着ないのである。夫人は、誰のために白いワイシヤツを買つたのだろう》。

それを聞いた島氏は、思わず口走る。

「《それは探偵小説だ》」

よく分かる反応ではないか。まさに本格ファンの言である。A氏も、またそこで《探偵小説は楽しい》といい、島氏を感激させる。

次に、別のB氏が書いたコントの話になる。


「……この世の中に同じものは存在しない」

という意味を三、四行、流麗な文章で書いておいてから物語に入る。

侍が長屋の窓から見ていると、月光を浴びて向側の土蔵の前を一挺の駕籠が通り過ぎた。

しばらくして、ふっとまた窓の外に眼をやると白い土蔵の前を駕籠が通り過ぎて行った。その駕籠の様子、駕籠屋の腰を突き出した恰好が前の駕籠と同じではないか。

侍は夢でも見ているような気持になる。そして、もう一度、同じ駕籠が土蔵の前に現れるのではないかという恐怖に似たものを感じる。

勿論《もちろん》、そうなる。これが冒頭に提出される謎である。

すると翌日、近所で、腕の立つ武士の死体が発見される。斬り合ったものと思われる。相手も手傷を負っているのではないかと、昨夜、怪我人の手当をした医者が探される。案の定、そういう医者がいて、かなり遠くまで治療に行った、と証言する。

この話を聞いた主人公は、自分が見た月夜の駕籠の謎をといたのである。つまり犯人は近所にいた。医者を欺すために、同じ所を二度も三度も駕籠で廻らせたのである。

島氏は、これに感心し、A氏に読ませてみた。すると、いわれてしまう。《「同じ駕籠が二度通ったら……同じ駕籠が二度通ったと、なぜ気がつかないのだ」》と。探偵小説に理解を示した筈《はず》のA氏なのに、と、島氏はショックを受ける。《「そう割り切つてしまえば、話にならん」》と答えつつ、同時に《トリックに苦心する本格派のウイークポイントを、身にしみて感じた》。

そして、いう。

A氏にして、この言あり、本格派の道は、いよいよ険しい。が同時に私は感じた。本格を書こうと志す人は、いよいよ苦しむだろう。しかし苦しむところに未来があるのだ。良き作品の生れる可能性もあるのだと。

《苦しむところに未来があるのだ》！　うーむ、捕らえ所がなくて、実にいいではないか。

勿論、《努力すれば道が開ける》という意味でなら、論理の筋は通っている。しかし、それではつまらない。真面目一方の島氏が、頭を抱えながら、無茶苦茶をいっていると考えた方が、はるかに面白い。

そういってしまうところには、理屈を越えたものがあるからで、結局のところ、人を動かすのは論理よりも、こういう感情である。

4

ところで、そんな島氏に代わって、少し理屈を並べてみよう。

A氏の作の《夫人は、誰のために白いワイシャツを買ったのだろう》という問いだが、すぐに思い当たる兄弟などもいないのなら、答えは一つ。《他に男がいた》ということになる。それでは、物語にはなっても、《探偵小説》にはならない。

厳密にいうなら、主眼を別なところに置いたミステリの発端にはなるだろう。しかし、

《シャツの謎そのもの》を中心に置いた本格短編とはなり得ない。《当たり前》ではない何かが背後にある、というのが、《謎》の作り手と受け手の、暗黙の了解である。——これは、競技者同士のルールといってもよい。

当然のことながら、本格推理小説において読者は、作中の探偵と戦うわけではない。最も普通に行われる、読者側の思考方法に、《誰が犯人だったら一番意外か》というものがある。こんなことを考える探偵がいるだろうか。この一事だけでも、立っている土俵の違いは明らかである。

ライバルは無論、作者である。チェスの相手が駒《こま》だとしたら、敵のキングをつかみ取ってしまった方がよっぽど早い。そうではなく、あくまでも戦いの対象は、その駒を動かす指し手の知力だ。

チェスにおいて、ナイトはナイトの、ビショップはビショップの動きをする。それと同じように、本格推理の世界では、捜査側にいる筈の探偵が知っていることを、なかなかいわなかったり、逆に犯人の方が過不足なく手掛かりを残して解明に協力したりする。

B氏の事件で、駕籠《かご》を見た侍が、当たり前の反応をしないのも、桂馬《けいま》が斜めに動くようなものである。それを物語的に納得させるために、作者は白壁の舞台における月光の魔術を用意する。

この桂馬の動きを指摘された島氏は、それを《ウイークポイント》と思う。そんなことはなかろう。

島氏の感じたことを、より範囲を広げていえば、《アリバイやら密室やらの趣向をこらさない方が、ずっと捕まりにくい筈だ》などという《正論》に引け目を感じるということになる。これは、感じる方がおかしい。俳人が五七五に、歌人が三十一文字《みそひともじ》に引け目を感じるだろうか。

文芸に限らず、あらゆる表現形態（音楽、絵画のみならず、それは、人と人のある限り、日常の挨拶《あいさつ》にまで及ぶ）において、表現者と受容者の間には、何らかのルールが存在する。そういうものだ。

第17章
蜜柑の香り

1

柏書房の『探偵作家クラブ会報』のことに触れたら、某嬢に《珍しいものを、お持ちですね》といわれた。わずか十年ほど前の刊行だし、特に珍本でもないと思う。とはいえ、他で見かけることも、あまりない。

その本と遭遇することになった。推理作家協会の事務局に行ったのである。所は東京の青山。

はるか昔、講談社の裏手に事務局があった頃、東京創元社の戸川安宣さんに連れられて行き、のぞかせてもらったことがある。その頃には、いつか自分が会員になるとは、夢にも思っていなかった。

入会してからも、最近まで事務局に行く用はなかった。《どんなところだろう》という好奇心が先に立った。マンションの一室で、左右の書棚にミステリがびっしりと詰まっていた。その中に（場所が場所だけに当然のことながら）大判の『探偵作家クラブ会報』全四巻があった。

「あ、これ、うちにもありますよ」

と、いいながら、あらためて《書棚を占領する本だなあ》と思った。そこで、けしからんことを口走っていた。

「――うちの持って来て、北方《きたかた》さんのサインもらったら、古本屋さんに売れるかなあ。推理作家協会理事長サイン入り『探偵作家クラブ会報』」

七分は冗談だけれど、三分は本気だった。家の大きさは限られている。本は増える一方だから、常に《整理したい》と思っている。大物の始末がつくと実に嬉しい。しかし、これが簡単に行かない。

ＣＤ－ＲＯＭ版の日立デジタル平凡社『世界大百科事典』を買った時、同じく平凡社『国民百科事典』全七冊分のスペースが空く、と思った。ところが、理屈通りにいかない。

小学六年か中学一年の頃、父がパンフレットを持って来た。それを見て、欲しくてたまらなくなり、やっと買ってもらった贅沢品だった。月に一冊ぐらいの割で、本屋さんが持って来てくれた。月賦だったのかも知れない。届くのが楽しみだった。

学校から帰った時に聞こえた、《事典が来てるよ》という母の声を、今も思い出す。

あちらこちら、読んだり眺めたりした。

住宅関係の図版には《松本幸四郎邸《まつもとこうしろう》》の細かな見取り図が載っていた。幸四郎とは勿論《もちろん》八代目、亡くなった初代白鸚《はくおう》のことだ。

二つある使用人室、一階から二階に繋《つな》がった大きな暖炉、それぞれにある子供部屋（ここで、九代目の幸四郎や二代目の吉右衛門《きちえもん》が暮らしていたことになる）、遊戯室や予備室、大きなベランダなどを見て、《こんな家に住む人もいるんだ》と、別世界を見る思いがした。同時に、《住んでるところを、こんなに事細かに公開されたら、嫌じゃないかな》とも思った。『百科事典』を熟読する泥棒がいたら困るだろう。

《ハイ・アライ》という球技があるのを知ったのも、この『国民百科事典』によってである。音の響きが面白いので、頭に残った。今度のCD－ROM版でも、すぐに引いてみた。こちらでは《ペロタ》という項目に含まれている。その一種がハイ・アライだ。

詳しく説明することもないので、興味のある方は事典を見ていただきたい。何十年も経つと説明も変わる。『国民百科事典』では、球はあらゆる球技中最速の《時速250kmほどで飛ぶ》としてある。現在の版では、これが《300km》になっている。

CD－ROM版で新しく得られた知識は他にもある。――何と、この球を素手で打つ場合もあり、その苛酷《かこく》さゆえに、選手は英雄とされる。教科書でもおなじみのフランシスコ・ザビエルの右手は聖腕として今も残っている。そこに《ペロタ選手と同様の変形が見られることから》、ザビエルは、ペロタの守護聖人になっているらしい。

——だからどうした、といわれても困るが、雑学というのは面白いものだ。

というわけで、父や母、そして《松本幸四郎邸》や《ハイ・アライ》の記憶とともにあるので、今のところ、この大きな七冊本が捨てられない。

大部の全集もCD−ROMに収まってしまえば、整理が楽になる。旧『宝石』や『ヒッチコック・マガジン』、『エラリイ・クイーンズ・ミステリ・マガジン』、そして『ミステリマガジン』などの雑誌がCD−ROM化され、探す短編が一瞬に出て来たり、ある作家に関する論評の類《たぐ》いが、ワンタッチでまとめて見られるようになったら、これは便利だ。ほしい。

しかし、どうなったところで、(少なくとも我々の世代にとっては)《本》という形のものは、やはり特別な、どんな《便利さ》も侵害することのできない聖域に存在するものだ。

2

さて、手に入りにくい本には、どんなものがあるか。

『創元推理コーナー』といえば、東京創元社の出していた宣伝用の小雑誌だ。ここに、その一九七一年五月の号がある。全四十ページ、鮎川哲也先生の「わたしの推理小説入門」から始まる豪華版である。

最後の方に、「コレクター、これ一冊」というアンケートがある。これは当時、ちょっとした話の種になったものだ。

六人の方が、お持ちの六冊をあげている。一覧表にしてみよう（①〜⑥の数字は、北村が便宜上、つけたものです）。

中島河太郎　①『犯罪幻想』江戸川乱歩（東京創元社）
都筑道夫　②『Persons Unknown』フィリップ・マクドナルド
厚木《あつぎ》　淳《じゅん》　③『Le 'Detective Novel' et L'influence de la Pensée Scientifique』レジ・メ

サック
瀬戸川猛資　④『夢の殺人』江戸川乱歩（ローマ字教育会）
松坂《まつざか》　健《けん》　⑤『秘中の秘』菊池《きくち》幽芳《ゆうほう》（金尾文淵堂）
鏡　　明　⑥『ファントマ』『第二ファントマ』久生十蘭訳（『新青年』附録）

入手困難の度合いは、時が経つにつれ、増しこそすれ、減ってはいないだろう。順に見ていこう。

①は、復刻本も出た、乱歩の自選傑作短編集である。ただし、ここであげられているのは、その特製版。即ち、棟方志功《むなかたしこう》手刷り版画つきのもの。

ただし、中島先生は、希覯《きこう》本を《一冊という厳命だから》あげたまでで、仮に《『二銭銅貨』の乱歩署名（森下《もりした》）雨村《うそん》への献呈本》があっても、《「新青年」全冊のほうを採る》とおっしゃる。気持ちのいい断定である。

②は《完全にフェアなパズル》、そして《マニアの間でも、あまり持っているという話を聞かない》という。これを読んで、喉《のど》から手が出た。この頃の本格ファンにとって、幻の作家の代表が、P・マクだった。

長沼弘毅《ながぬまこうき》の『ミステリアーナ』（講談社）では、P・マクの長編『The White Crow』の中心トリックが明かされていた。高校生の頃、それを読んで、《曲芸的な趣向をこらす作家だ》と思った。読めない作品というのは気になるものである。横文字は苦手なわたしだが、P・マクは原書で二冊読んでいる。しかし、残念ながら『Persons Unknown』は手に入らなかった。神田で、ペーパーバックの山を一冊一冊見ながら、《次こそ『Persons Unknown』ではないか》と探していた頃が懐かしい。

なお、この作品のイギリス版が『The Maze』であり、『ミステリマガジン』三〇三、三〇四号（一九八一年七、八月）に『迷路』という題で訳出された。さらに、それが、早川書房からポケットミステリの一冊として、近年、刊行されたことも付け加えておこう。

③は《推理小説史としては空前の大冊》だが、五分の四をポー以前が占めるという、今の目から見ると何とも不思議な労作。戸川さんに聞いたところによると、江戸川乱歩は、これが読みたくてたまらなかった。そこで、早稲田の仏文の学生さんをアルバイトとして雇い、個人的に訳してもらった。

その大学ノートが、今も乱歩の蔵の中にあるらしい（本当に好きだったんですねえ、ミステリが！）。初めの方には、乱歩の書き込みがあるという。原書はいらないけれど、このノートならほしい。

④だが、『夢の殺人』という題の作品は、乱歩にはない。どういうことかというと《『二

廃人』のローマ字独習》用のテキスト。瀬戸川さんの説明には、《「著者」がKakite、「発行者」がDasiteとなっているのには思わず笑ってしまった》とある。

瀬戸川さん、鏡さん、は同じ大学の、そして、松坂さんは大学は違うけれど、それぞれ、わたしの一学年上の先輩である。この本は、瀬戸川さんのお宅に伺った時、見せてもらった記憶がある。

漫画家の喜国雅彦氏は、現代のミステリコレクターとして代表的な方だが、《『夢の殺人』なら、持ってますよ》と、おっしゃっていた。そんなのまで買って、どうするのだと、突っ込みたくなるではないか。うーむ、奥が深い。
⑤は、《幼少の乱歩が、毎晩、新聞連載中の》この話を聞かされて、手に汗握ったという《大乱歩探偵小説開眼の書》。
松坂さんとは、学生時代の大みそか、浅草で古本屋さん回りをしていた時に、ばったり出会った。「こんな日にまで！」といわれ、こちらも、同じことを思ったものである。
⑥だが、雑誌の付録というところが泣かせる。ちなみに、二冊購入に要した費用は、ただの四十円。
『ファントマ』とは、戦前大流行した連続活劇映画。原作は新聞小説。ところが『ファントマ』を読んでも、怪盗ファントマの正体が明かされない。鏡さんは《意地でも、と後編

を探し回った》。しかし、続編を見つけて読んでも、《依然として正体不明。どうも、解せぬ》。

そこで、前記のCD‐ROM版百科事典を見てみたら、『ファントマ』は五編からなるそうだ。《第1編・ベルタム事件》《第2編・黒衣の人》《第3編・不思議な指紋》《第4編・仮面舞踏会の悲劇》《第5編・偽りの長官》。

勿論、この第1編、第2編が、そのまま『ファントマ』『第二ファントマ』とは限らない。しかし、《第5編》の題名を見ると、どうしてもファントマの正体は《長官》に思えてしまう。それが正解かどうかは、別に気にならないが、いずれにしても、椅子から立ち上がらぬまま、ここまで分かってしまう。

やはり、凄い時代になったと思う。

3

喜国雅彦氏の名前をあげたが、それでは氏の《この一冊》は何かと思って、電話してみた。

氏が、今、集めているのが朝山蜻一《あさやませいいち》の本。中でも、死後、未発表原稿を非売品としてまとめた『その愛』が珍しい、とおっしゃる。

ただし、これはマニアックなので、一般の人にも分かるようなもの、となると、某社文庫の『グリーン家殺人事件』初版。これが、ただの本ではない。編集部の訂正用原本。八版までの訂正事項の付箋《ふせん》がついているそうだ。そんなものまで古本屋さんに出るということに驚く。

続いて、氏の古本屋回りの師、二階堂黎人氏にも聞いてみた。

こちらは、乱歩が戦中に書いた少年読み物、『智恵《ちえ》の一太郎《いちたろう》』の昭和二十二年になってからの刊本。京橋書房というところから出ている。これも珍しい。

さて、わたしは——といえば、時が経ったため、結果として現在入手困難になったものならある。しかし、特別にあげるようなものはなかった。万有社から昭和二十五年に出た、サーバーの『現代イソップ』(福田恆存《ふくだつねあり》訳)ぐらいかな、と思っていた。

しかし——、である。

話の流れからして、《何かあるから、こういうことを書き始めたのだろう》と読者も、お思いであろう。そうなのだ。

丸谷才一《まるやさいいち》の『男もの女もの』を読んでいた。すると、「キスの研究」という章に、こう書かれていた。菊池《きくち》寛《かん》の『第二の接吻《せつぷん》』を、どういう形で読んだかというくだりである。

わたしは戦前の小学校高学年生であつた時分、『第二の接吻』とそれからたしか久米正雄『破船』が婦人雑誌の別冊付録についてゐるので読んだ。

びっくりしてしまった。

わたしは、これを学生時代、神田で買っているのだ。『ファントマ』もそうだが、単行本ならともかく、別冊付録というのは、探してもなかなか見つかるものではない。これを持っている人は、全国でも少なかろう。

『婦人倶樂部《クラブ》』(講談社)昭和十二年二月号の付録で、『傑作長篇小説三人集』。他に、吉屋《よしや》信子《のぶこ》の『地の果まで』が収められている。表紙はオレンジ、装幀は恩地《おんち》孝四郎《こうしろう》。開くと、まず青インクのような色で《クラブ美身クリーム》の広告が載っている。ちなみに一円五十銭。

本編に入ると、それぞれに色刷りの口絵がついている。『第二の接吻』では、どうか。「思はざる罪」の章で、《『貴女がそんなに僕を亂暴者あつかひになさるのなら、僕だつて亂暴者になれますよ』》といわれたヒロインが《『何をなさいますの』》と、崖《がけ》の上に飛び出す。それを、背広の男が抱きすくめている場面だ。岩田専太郎《いわたせんたろう》の絵である。子供の目から見ると、秘密めいたものだろう。

こういう絵や広告を、はるかな昔、丸谷少年が見たのだな、と思うと、不思議な気持ちになる。自分自身が、子供の頃読んで、今は記憶の彼方《かなた》に霞《かす》んでいる本や雑誌のことが、その上に重なって思い出されるからだ。

この蜜柑《みかん》色の表紙の別冊付録も、これまでは、ただの《当時流行の小説が便利にまとまった本》だった。しかし、今はそこから、それこそ蜜柑のように、懐かしい昔が香るのである。

第18章

ミステリのミス

1

ディーノ・ブッツァーティの短編集『石の幻影』（大久保《おおくぼ》憲子《のりこ》訳・河出書房新社）が出た。新聞を開いたら、書評にも取り上げられていた。それは嬉しいのだが、中の短編『海獣コロンブレ』が、こう紹介されている。

子どもが海でコロンブレという海獣を見てしまう。見た者はいつかコロンブレに殺されると聞かされた彼は、海獣を恐れるだけの、長い、単調な人生を続けた。ところが年老いて、会ってみると海獣は言うのだった。あなたを殺したかったんじゃない。プレゼント（真珠）を渡したいために追いかけていたのだ。

え、そんな話だったっけ？——と思ってしまった。これは、国書刊行会『世界幻想文学大系』の『現代イタリア幻想短篇集』に収められていた。その時の題は『コロンブレ』。忘れられない話である。ぞくりとした。どこかの店で、カツとハンバーグのランチなどを食べながらページをめくったことを思い出す。ごく短いから、それぐらいの時間で読めてしまうのだ。

確かに、前記の紹介文のような印象をも残す話である。わたしもコロンブレが真珠を差し出したところで、これは無為に過ぎた人生を書いた皮肉なコントかと思った。

ところで、宝石、無為に過ぎた人生、短編……と並べれば、誰でもモーパッサンの『くびかざり』を連想する筈《はず》だ。こちらの説明は不要だろう。落ちの見え透いた作り話としか思えないが、知名度では群を抜いている。

『くびかざり』においては、ダイヤが偽物であったという事実を示されることによって、マチルド・ロワゼルの人生は崩壊する。肝心なのは、それまでは彼女の顔に、ことをなしとげた《誇らしげな無邪気な喜び》（杉捷夫《すぎとしお》訳）があったことだ。徒労は、それが《徒労であった》と知った時に、初めて現実のものとなる。

『コロンブレ』に戻るが、紹介文にある《彼は、海獣を恐れるだけの、長い、単調な人生を続けた》というのは、明らかに事実と違う。海に憧《あこが》れる主人公は、コロンブレの恐怖があるにも拘《かかわ》らず、《安楽で平穏な生活》(以下、引用は新訳による)よりも、《人生の深淵の持つ魅惑》を採る。敢《あ》えて、海に出るのだ。《屈しなかった》のである。

主人公は思い描いた通りの、あるいはそれ以上の人生を送った。少なくとも紹介文にあるような《長い、単調な人生》とは、まったく別の生き方をしたのである。マチルドとは違う。彼の人生は徒労ではない筈だ。

——しかし、人間にとっての曲者《くせもの》は、この《筈だ》なのだ。これは、そういう話だと思う。

さらに、紹介文には、コロンブレの台詞《せりふ》として、《プレゼント(真珠)を渡したいために追いかけていたのだ》とも書かれている。ここだけ読むと、評者は、コロンブレを善意のものと取っているように思える。

海獣が差し出したのは、《持っている者は、財産、権力、愛、そして心の平和が得られるという真珠だった》。だが、こんなものが、海に生きたいと願う少年にとって本当にいいものだろうか。主人公はいう。《あまりに遅過ぎた。(中略)「何と情けない! 私にできたのは、自分とお前の一生をただ台なしにしたことだけだったのか……」》と。しかし、若い時に、これを渡されたら、彼は幸せになれたのか。いや、真に若ければ、海の方を選ぶだろう。そして、コロンブレも、彼が若ければ真珠を見せたりはしないだろう。物語の要《かなめ》は、そこにある。

わたしが最初に読んだ時、一番深く印象に残ったのは次の一節である。ここがあるから忘れられない、といってもいい。漁師たちは、変わり果てた姿の主人公をボートの中に見つける。あったのは、白骨化した死骸、そして、

痩せた指の間には、小さな丸い小石が握りしめられていた。

コロンブレが渡そうとしたのは、真珠ではないのだ。まさにそれこそが、時の経過と共に、内臓に溜まる異物のように、人にとっての恐るべき《石》だろう。コロンブレは《「さようなら、親愛なる我が友よ」》と去って行った。

彼は《うまく獲物をとらえ》たのだ。だからこそ、コロンブレは《抜け目のない》魔物

なのである。

さて、これも、わたしの読みに過ぎない。そしてまた、《物語というもの》の最も《要》の部分は、実は《理屈》では捉《とら》えられないところにある。ブッツァーティに『水滴』（『七人の使者』所収・脇功《わきいさお》訳・河出書房新社）という掌編がある。水滴が夜中に一段一段、階段を上って来るというのだ。それが、とてつもなく恐ろしい。これは何だろう。

では――人々はなおも考える――ひょっとしたらなにかの寓意《アレゴリー》だろうか？　たとえば、死とか、なにかの危険とか、過ぎ行く歳月でも象徴しているのだろうか？　それともちがうのです、それは単に水滴がひとつ、階段を昇ってきているにすぎないのです。

（中略）いや、ちがうのです、たわむれているわけではありません、二重の意味はないのです、どう考えても、夜になると階段を上ってくるまさしく一滴の水でしかないのです。ぽとん、ぽとんと、神秘的に、一段ずつ。だからみんなは恐れているのです。

《どう考えても》作品について様々な解釈をなされて来たであろうブッツァーティが書いている。そこが面白い。『七階』の作者がこんな話を書き出せば、どうしても《これは存在を脅かす何か、具体的には死のことかな》などと、読者は思う。そこで、《二重の意味はない》といわれるのだ。

作り手の側にある《解釈されること》への苛立ちは、よく分かる。第一義的には、物語とは全て、《一滴の水》なのだ。

しかし、作品に向かう時、我々が何かを考えるのも自然だ。そして、解釈に対しては、異論というものはあった方が健全だし、出された方が創造的だと思う。

パーティの席上、ある作品について、

「作者は、そう考えてはいない。でも、こう読んだ方が遙《はる》かにいい」

と論じた。話し相手になって下さった編集者の方が、

「ははあ、――目から鱗《うろこ》が落ちました」

すると、脇にいた新保博久さんがすかさず、

「いや、そりゃあ、目に鱗を貼られたんです」

巧《うま》いことをおっしゃる。しかし、面白い鱗なら、色々と取り揃えてあった方が、世の中は豊かになると思う。

とはいえ、ことが事実関係の誤りで、しかも自作のこととなったら、《こういう説もある》とすましてはいられない。

2

ディズニーの『101』という映画をテレビでやっていた。

かつてのアニメ『101匹わんちゃん』の、実写リメイク版である。炬燵《こたつ》で、子供と一緒に観た。すると、悪漢の車が動けなくなる、という場面が出て来た。どうして、そうなったか。排気管が詰まったのである。

「これこれ!」

と、叫んでしまった。

実は、『覆面作家と溶ける男』(『覆面作家の愛の歌』所収・角川書店)という作品の中で、わたしはこういうやり取りを書いた。


「ええと、犯人の車を動かないようにしたいわけですよね」

「はい」

「一番簡単なのは、排気管を詰まらせることです」

「といいますと」

「自動車の後ろに管が出ていますね」

「はい」

「あれに何かを突っ込む。具体的な例だと、じゃがいもです」

「?」

大きな折り返し襟の上の、細い首をかしげる。今日のお嬢様は、ミルクにほんのわずか苺《いちご》の汁を落としたような、淡いピンクのドレスだ。

「じゃがいもを管の口に当てて叩く。型抜きされてすっぽり入りますね。それで詰まるわけです」

「まあ、可哀想《かわいそう》なじゃがいも」

これは人から聞いた。つまり、実話なのである。

その人の知り合いが（伝聞の伝聞になってしまうのが、ちょっと弱いが）車に悪戯《いたずら》された。動かない。どうしてなのか、見当もつかない。プロに来てもらったら、《排気管に、何か詰められてますよ》。

外からは分からない、エンジンを見ても駄目、はて？——というところがミステリアスで面白いと思った。その記憶があったから、ここで使ったわけだ。

ところが、（これまたあるパーティの席上の話になるが）鮎川哲也賞受賞作家の石川真介《いしかわしんすけ》さんが、教えてくださった。

「北村さん、今時の車は、あれぐらいで動かなくはなりませんよ」

石川さんは、自動車関係にお詳しい。

「あ、そうなんですか」

お礼をいうとともに、頭をかいた。

わたしの情報は、かなり古いものだったらしい。しかし、この場合は直さなくてもいいかな、と思う。ミステリはハウトゥ本ではない。むしろ、完璧に動かなくする方法を公開してしまうより、よいのではないか。

ところで、勿論《もちろん》、これだけではない。うっかりなものだから、作中の誤りを教えていただくことなら他にもある。

思い込んでしまうと、もう駄目——ということがある。実に怖い。第三者にいっていただかないと、分かり切ったことが見えなくなるのだ。

学生時代、テレビで《ファイトで行こうー、リポビタン・デー》といっているのを見て、《発音が悪いな、ディーだろう》と軽くいったら、側にいた友人にたしなめられた。《いや、これは薬品だからドイツ語の筈だ。デーでいい》。その論理に納得して、恐れ入ったものである。《ディー》だけが頭に居座り、他のことなど考えもしなかったのである。

先日、集英社文庫の『Yの悲劇』にエッセイを書かせていただいた。そこで、わたしは《車椅子のルイーザ》と書いてしまった。彼女は車椅子を使ってはいない。どういうわけか、そう思い込んでしまった。ミスである。チェックしていただいたので、直すことができた。このように、誤りを、編集者、校正者などの方に救っていただくことは数多い。

読者の方から、ご教示いただくこともある。そんな中で、機会があったら、ぜひ経過を述べておきたいような例もある。

3

『覆面作家、目白を呼ぶ』(『覆面作家の夢の家』所収・角川書店)の中では、税金問題が出て来た。

家を新築する場合、ある条件を満たしていれば、親から三百万円までの贈与を受けても無税になる。——こういわれた人物が、条件に当てはまると思って申告したら、三十万円以上の贈与税を取られてしまった。

なぜか。——当人は、今まで住んでいた家を壊して、さら地にして建てた。改造したという頭はないから、《新築した、新築した》といっていた。しかし、それは税務署での説明によれば《改築》で、最初から特例の対象にならないのであった、というお話。

これも、元は実話である。その人物は——ええい、わたしだ、わたし! わたしは、《家を建てる時の心得》といった類《たぐ》いの本のコラムに、簡単に書いてあったことを読んで、申告に行った。後から思えば、そのコラムの《新築》の中には《今まで、自分の家を持っていなくて新しく建てた》という意味が凝縮されていたのだ。

これを書くにあたって、別のパンフレットも見た。そちらは、かなり丁寧に書いてあった。

小説の中では、特定の本を連想させないように、文章を変えて、特例の条件を示した。中に、わざと《新築であること》という含みの多い言葉を入れ、登場人物が誤解するようにした。

そうしたところ、群馬の杉木さんとおっしゃる方から、ご指摘を頂いた。まず一点、

〝前に建っていた家を壊して建てると特例要件に当たらない〟という件では、壊した家と新築の家の名義を確認しないと何とも云えず、この文章からでは誤解を招くのではないかと思えるのです。

その通りである。《自分の家を壊した》という先入観があったから、言葉足らずになってしまった。これは、《前に建っていた自分の家を壊して建てると》と補いたい。

さらに、

《贈与者が過去五年間、被贈与者と同居していないこと》ということは、租税特別措置法の規定にはありません。

確かに、そう書いてしまった！

こちらは、完全にわたしの勘違い。参考にしたパンフレットに、まず、こうあった。《・贈与する人が、父、母、祖父母であること》。その後に《・贈与前5年以内の間、本人か配偶者の所有家屋に居住していないこと》とあった。

わたしは、これを続けて見て、後者の主語を、前の文の《父、母、祖父母》と読んでしまったのである。何となく、《本人が本人の家に住んでいるのは当たり前だからな》という気がしたのだ。

勿論、これは《所有家屋》にポイントがあり、《今まで自分の家を持っていなかった人が新しく建てた場合は、税制面で援助しますよ》という意味なのである。

分かっている方から見たら、実に不思議なミスだろう。しかし、いったん、そう思い込んでしまうと、騙し絵のようなもので、もう正しい形が見えなくなってしまったのだ。

先程《ミステリはハウトゥ本ではない》と書いたが、この問題では、そんなことをいえない。まさにこれを見て《住宅取得資金贈与の特例》について考える方がいらっしゃるかも知れないのだ。

文庫化の時には、勿論、手を入れる。しかし、この一文が、すでに前記の作をお読みの方の目に触れるかも知れない。だから、一言、叫んでおきたかったのである。

「ご一緒に住んでいらっしゃる、お父さん、お母さん、お祖父さん、お祖母さんから、いただいてもいいんですよー」

4

次は、まったく私的なことだが、書いておきたい。

わたしは、『空飛ぶ馬』（東京創元社）という本を書いている。文庫になって大分経つ。

ところが、最近、東京の岡崎さんから、こういうお便りをいただいた。

今回、突然お葉書を差し上げたのは、どうしても分からない点が一つあったからです。それは「空飛ぶ馬」（文庫・19版・342ページ）で「私」が国雄さんからの電話の回数を「最初の日と昨日で、二回はあったことになります」と答えるところです。どうして「私」は昨日の電話のことが分かったのでしょうか？

何のことか、お分かりにならないと思う。要するに、主人公が《昨日、電話があった》といっている。これは大事なところで、《昨日の電話》という前提がないと、謎は解けない。ところが、作品中に、そんな話が出て来ない。筋が通らない。

どうしてそんなことになったのか。ハードカバー版『空飛ぶ馬』では、二九二ページから二九三ページにかけて、こういう一文がある。

主人公に話しかけた、看護婦さんの台詞の最後のところである。

そうしたら、昨日貰った電話で、あの人がいったの。

文庫版では、この鍵の一文が抜け落ちていた。正しくは、これが文庫版三二八ページ十五行目、《この間、電車の中で会ったお嬢さんがビデオを撮っていた》の前に入る。文庫にする際、わたしもゲラを見たわけだが気がつかなかった。特に書き換えるところもなかったので、すらりと読んだだけだった。ハードカバーと一字一字突き合わせて調べたりはしなかったのである。申し開きのしようがない。

文庫はこの時点で二十五版。抜けた形で、そこまで来てしまったことになる。これからの分は訂正することができる。しかし、今までに買ってくださり、首をかしげた多くの方がいらっしゃるかと思うと身が縮む。

ここでも、叫びたい。

「この説明を、そういう方々が、ご覧になってくだされぱと思います。まことに、申し訳ございませんでした」

5

心に浮かぶとりとめもないことを書き留めて来た、というわけで、特に全体の起承転結もない。頭を下げたところで、そのまま最後のご挨拶《あいさつ》をしたい。

——ここまでお読みいただいて、有り難うございました。《万華鏡》の映し出す絵柄が、いささかでも面白いものに見えましたなら、幸いです。

付記

十七章の終わりに《蜜柑《みかん》のように、懐かしい昔が香る》と書いた。古歌に《五月《さつき》待つ花橘《たちばな》の香をかげば昔の人の袖《そで》の香ぞする》とあるからだ。まさか、これが本になろうという時に、瀬戸川猛資先輩と永遠のお別れをすることになろうとは思わなかった。学生時代、我々のたまり場だった喫茶店には、いつも濃いコーヒーの香りが漂っていた。今はまだ、瀬戸川さんが、そこの片開きのドアを押して、明るい外に出て行っただけのような気がする。

鼎談

北村薫
×
大野隆司
×
佐藤夕子

北村　この度、私のエッセイである『ミステリは万華鏡』が『謎物語　あるいは物語の謎』に続き創元推理文庫から再刊される運びとなりました。今回の文庫版では特別に鼎談《ていだん》を収録したいと思いまして、本文やカバーに版画を描いてくださっている版画家の大野隆司さんと、私の文庫解説などでもお世話になっている文筆家の佐藤夕子さんをお招きしました。

大野　畏《おそ》れ多いです。

北村　まずはお読みいただいて、お二人ともいかがでしたか。

佐藤　いきなり本題にはいるのですね（笑）。私にとっては、北村さんの最初のエッセイ『謎物語』が偏愛の一冊で、はじめて読んだ時からずっと大好きなんです。ほんとうに素晴らしいエッセイで、北村さんの謎に対する姿勢は、余すことなくあの本のなかで語られているように思います。そこで二冊目のエッセイとなる『ミステリは万華鏡』を読むと、それとはまた異なる、もうひとつの「謎物語」という印象を受けました。謎を見つける楽しみや解き明かす喜びは『謎物語』で言い尽くしたんじゃないかという感じがしていたのですが、そんなことは全然なくて。『ミステリは万華鏡』に至っては、もう小説とか文学とかそういう枠も越えて、北村さんが日々のなかで触れたこと何もかもが、北村薫のなかでミステリとして展開されていくのを見せられた思いでした。

北村　印象に残っている章はありましたか？

佐藤　第8章と第9章で採り上げられている喜国雅彦さんの言葉遊びも微笑ましかったですし、どの章も印象深いのですが……やっぱりタイトルになっていることもあってか、万華鏡のお店が出てくる第1章は読み返しちゃうんですよね、何度も。万華鏡じたい、私は子どもの頃「百色眼鏡」という名前で親しんでいたのですが、北村さんの物事の捉え方を見事に言い得た事物だなと思います。

大野　私は連載から挿絵を描かせてもらっていたこともあって、原稿で読んで気になった本がありました。ディーノ・ブッツァーティの『石の幻影』。連載の最終回——本書では第18章に書かれている「海獣コロンブレ」という短編の紹介に興味がわいて、買って読みました。

北村　それは嬉しい。いかがでしたか。

大野　当時「ここに書かれているのは、絵描きのことじゃないか」と思ったことをよく憶えています。私も昔、谷中安規《たになかやすのり》の版画と出会って、憧れて追いかけたはものの全然駄目だって考えこんじゃって。気がつくと、谷中安規という存在が却って重圧になり、まるで追いかけられているような時期がありました。「海獣コロンブレ」の物語では、幻の海獣を追いかける主人公が最後に握っていたのは何の変哲もない石なんですよね。私も数え切れないほど版画を作ってきたけれど、幻の背中を追いかけて死んだ時に握っているのは、もしかしたらただの石なのかもしれない。絵描きとしての人生のように見えてしまいました。

北村　ひとによって物語の読み方があって、ひとつの物語でも、実にさまざまな色合いを見せることがあります。お話しくださった「海獣コロンブレ」にも、大野さんが覗きこんではじめて見えた煌《きら》めきがあったのですね。

大野　ひとつの物語であっても、ひとの数だけ読み方は違うと。『ミステリは万華鏡』にも、それが書かれていますね。

北村　作家自身も書いているのはわりと混沌としたものであって、多くのひとが読んで解釈を重ねることで作品が成長することはあると思っています。「この作品は、こういうことを言っているんですよ」「へえ、そうですか」で終わってしまう作品が、果たして古典として何十年、何百年と読み継がれるものでしょうか。ほんとうに豊かな小説とはさまざまな煌めきを秘めたもので、読書とはその混沌のなかから手探りで玉を拾う行為なのかもしれません。

＊

北村　混沌のなかから玉を探るような読書とは、謎を解く魅力と同じと言ってもいいでしょう。謎解きと言えば、本書は大野さんの版画が本文を数多く彩ってくれていますが、実はこの版画のなかにも二十年以上に亘って秘められた謎があるのです。

佐藤　そうなのですか、私は気がついていないかも。

北村　これまで単行本を含めて三度書籍化されているものの、意外とお気づきでない方も多いようで、このままでは完全犯罪に終わってしまう。それも勿体ないので、今回は制作者の大野さんにすこしだけ絵解きをしてもらおうかな、と。

大野　自分で作ったものを解説するのは面映《おもは》ゆいですが（笑）。本書に収められている版画は、すべて連載時に制作したものになります。連載では、幸運なことに一回の掲載ごとに四枚の版画を作らせていただきました。

たとえばこれが小説の挿絵でしたら、普通は原稿を読んでから、物語に合わせて版画を摺ります。しかし、北村さんのエッセイは読書にまつわるところから始まり、本と本が繋《つな》がったり、思わぬ話題へ飛躍があったりと、この面白さを挿絵にするのは難しい。ということで、こちらはこちらで版画のなかに「謎」を仕掛けようと、実は「いろは」の言葉遊びを隠していたんです。

佐藤　そうだったんですね！

大野　版画の枠がそれぞれ違うのは、連載の頃の名残です。同じ回では枠のあしらいを統一していたので。途中で「いろは」だけでは数が足りなくなって、後半はアルファベットになっています。たとえば、第1章の扉に使われている版画は「犬」の「い」ですね。

北村　目次に使われている版画も扉と同様、連載回に対応していますね。目次の第1章で使われている版画は――さて「いろは」の何でしょうか、佐藤さん。

佐藤　えーと、「葉っぱ」の「は」ですか。

大野　あと「母」の「は」もあります。

佐藤　モチーフがひとつとは限らないんですね。第7章の扉は、モチーフがたくさんありますが「く」でしょうか。「鯨」と「栗」と「雲」……。
大野　それと「九時」。連載では何十枚と作ったので、本書には収めきれていない版画もあります。たとえば、これも。
北村　「マッチ」を擦っているから「ま」ですね。
佐藤　あと「マフラー」と「丸」でしょうか。第11章の扉に使われている版画は……これは何でしょう?
北村　順番からいくと「ゑ」の筈ですが。
大野　「円錐」と「円柱」ですね。
佐藤　なるほど!
北村　これぞ謎解きの快感です。
大野　言葉遊びのなかでは旧仮名遣いの文字も現代仮名遣いで使っていますが、それはまあご勘弁ください(笑)。
　アルファベットに移ってからは、言葉遊びにも拍車がかかった記憶があります。
佐藤　そうですね。第16章の扉なんて、たくさん。「P」だと思いますが「Pen」「Pipe」と、背景には「Pyramid」「Plane」「Post」……あと、パイプの煙が「Pig」ですね。すごい!
大野　せっかくなので、今回の鼎談にあわせて、新作もつくらせて

いただきました。鼎談の扉と末尾に載せてもらっていますが、そこにも言葉遊びを仕掛けています。実は新たに制作した今回の装画にも、似たような遊びをこめていて。桃太郎のように、本から生まれるイメージで描いたのですが……。

北村 ひっくりかえすと、寝そべって読書しているようにも見えて面白いですね。本文庫版では特別に巻末付録として一覧もついているので、一枚一枚の版画にいくつ言葉遊びが隠れているか、みなさんも探してみてください。

＊

北村 本書の版画について、大野さんご本人にいくつか種明かしをしていただきましたが、何も知らないまま改めて見たら、また別のイメージが浮かんできて楽しいんです。

佐藤 まさに私はそうでしたね。第2章の扉を見て、時計を持って遠い道のりを歩いているから、これはきっとアメリカの推理作家ハリイ・ケメルマンの名作『九マイルは遠すぎる』が下敷きに違いないと、ひとつ見つけた気になっていました（笑）。

大野 いやいや、深読みしてくださって嬉しいです。

佐藤 第9章が「男の中の男」というタイトルだから阿修羅なのかなとも考えましたし、第11章も「日本、チャチャチャ」だからサーカスの演《だ》し物なのかな、と好き勝手に想像して楽しんでいました。

大野　作者の意図していなかったところで別の見方が生まれることってありますね。先程も名前を挙げた谷中安規を例にしますが、同じ版画でも、時折、摺る色の違う作品があるんです。基本は黒で摺っている作品なのに、いくつか他の色で摺っているものがある。研究者や蒐集家は、摺り色を変えるには何か意図があるに違いないと考えるわけです。けれども版画家になって判ったのは、おそらく作っている途中で絵の具がなくなっただけなんじゃないか。

佐藤　研究者からしてみたら呆然ですね（笑）。

大野　あと、ある版画がギャラリーに展示された際に、一枚だけ左右が反転している作品があった。どうして、この作品だけ反転して摺られているのだろうと不思議に思いますよね。でも、よくよく見てみると、紙が表裏反対に展示されていただけなんですね。薄い紙に摺られていたから……。

佐藤　展示するひとが間違えて反対にしちゃったんですね。

大野　もちろん意図があって紙の裏側を見せる場合もありますが。作者からすれば些細な遊び心や単なる勘違いでも、見るひとが深読みをして、まったく想像もしなかった見方が生まれる。面白いですね。

北村　見る側としては、そこでインクがなくなったことや表裏反対に展示されてしまったことに、作者の思惑を越えて創作に影響を及ぼす神の意思のようなものを感じたくなります。深読みをして、深く深く潜っていくうちにひとつの世界が開ける読み方に辿り着く。それは既に、ひとつの創作でもあると思うのです。

佐藤　私も深読みしたくなる性格ですが、いかに作品が自分自身に響いたか、どうしていいと思ったか、その理由を探すために掘り下げているようなところがあります。『ミステリは万華鏡』も今回の文庫化にあたってまた読み返して――北村さんの本のすごいところでもありますが、読む度に新しい発見がある。論理や随想が連なるうちに、どこかへ連れていかれる語りの妙がありますよね。今回再読して、そこが北村さんの文章の魅力なんだと確信しました。イギリスの推理作家であるG・K・チェスタトンは逆説がすごい、とよく言われますが、実は私は逆説やトリックはオーソドックスで、語りそのものがすごいんじゃないかと思っていて。だから私にとって北村薫という作家は、現代のチェスタトンなんです。

北村　勿体《もったい》ない言葉までいただいてしまいました。本日はお二人とも、ありがとうございました。

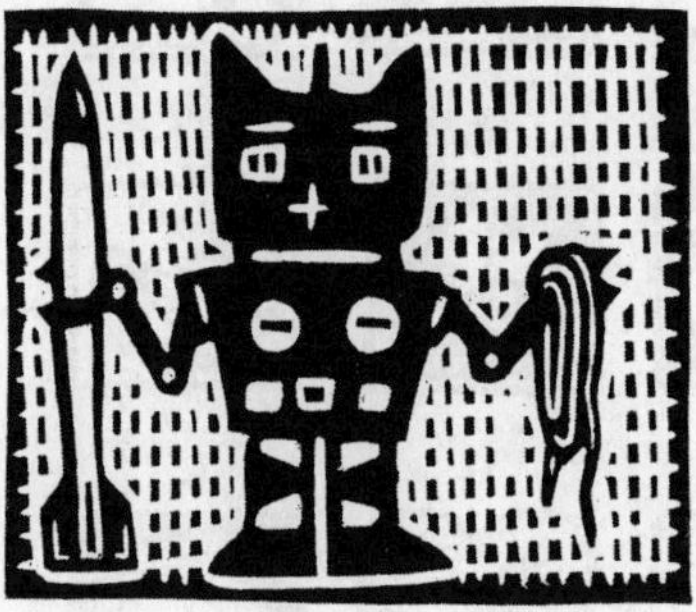

『ミステリは万華鏡』版画一覧

い

ろ

は

に

ほ

へ

と

ち

り

ぬ

る

を

わ

か

よ

け

の

な

た

ふ

お

ら

れ

こ

く

む

そ

え

や

う

つ

て

ま

ゐ

ね

D

せ

み

あ

E

す

し

さ

F

A

ゑ

き

G

B

ひ

ゆ

H

C

も

め

I

J

K

L

M

N

O

P

Q

R

S

T

U

V

W

X

Y

Z

い＊描き下ろし

ろ＊描き下ろし

書名索引

＊本文中に引用がある場合、書名を*ゴチック・イタリック体*にしています。

＊作品集・全集・雑誌などで、特にその内の一篇に触れている場合は、作品名を【　】に入れて表記し、作品集・全集・雑誌名などを項目としています。

ま

わ

雑誌

洋書原題

本書は一九九九年に集英社より刊行され、
二〇〇二年に集英社文庫に、一〇年に角川文庫に収録された。

検印
廃止

著者紹介　1949年埼玉県生まれ。早稲田大学第一文学部卒業。89年「空飛ぶ馬」でデビュー。91年「夜の蟬」で第44回日本推理作家協会賞、2006年「ニッポン硬貨の謎」で第6回本格ミステリ大賞、09年「鷺と雪」で第141回直木賞、16年第19回日本ミステリー文学大賞を受賞。

ミステリは万華鏡

2021年9月10日　初版

著者　北《きた》村《むら》　薫《かおる》

発行所　（株）東京創元社
代表者　渋谷健太郎

162-0814/東京都新宿区新小川町1-5
電話　03・3268・8231-営業部
　　　03・3268・8204-編集部
URL　http://www.tsogen.co.jp
暁印刷・本間製本

乱丁・落丁本は、ご面倒ですが小社までご送付ください。送料小社負担にてお取替えいたします。

©北村薫　1999　Printed in Japan

ISBN978-4-488-41309-5　C0195

黒岩涙香から横溝正史まで、戦前派作家による探偵小説の精粋！

日本探偵小説全集

全12巻

監修＝中島河太郎

刊行に際して

現代ミステリ出版の盛況は、まことに目ざましい。創作はもとより、海外作品の夥しい生産と紹介は、店頭にあってどれを手に取るか、戸惑い、躊躇すら覚える。

しかし、この盛況の蔭に、明治以来の探偵小説の伸展が果たした役割を忘れてはなるまい。これら先駆者、先人たちは、浪漫伝奇の炬火を掲げ、論理分析の妙味を会得して、従来の日本文学に欠如していた領域を開拓した。その足跡はきわめて大きい。

いま新たに戦前派作家による探偵小説の精粋を集めて、新しい世代に贈ろうとする。

少年の日に乱歩の紡ぎ出す妖しい夢に陶酔しなかったものはないだろうし、ひと度夢野や小栗を垣間見たら、狂気と絢爛におののかないものはないだろう。やがて十蘭の巧緻に魅せられ、正史の耽美推理に眩惑されて、探偵小説の鬼にとり憑かれた思い出が濃い。

いまあらためて探偵小説の原点に戻って、新文学を生んだ浪漫世界に、こころゆくまで遊んで欲しいと念願している。

中島河太郎